IMĀGINOR, ERGŌ SUM.
想象即存在

〔英〕**苏珊娜·克拉克** 著

王爽 译

SUSANNA CLARKE

皮拉内西

PIRANESI

湖南文艺出版社

献给柯林

我是伟大的学者,是魔法师,是行家里手,我正在做实验。当然,有了实验对象我才能动手。

——C. S. 路易斯《魔法师的外甥》

人们称我为哲学家或科学家或人类学家。但我不是。我是一个记忆学家。我研究被遗忘的东西。我探寻彻底消失的东西。我在空缺、沉默,以及事物之间怪异的沟壑中求索。事实上我主要还是一个魔法师,而不是其他什么角色。

——劳伦斯·阿恩-塞尔斯访谈
载《秘密花园》1976年5月刊

目 录

第一部分

皮拉内西

1

第二部分

那个人

17

第三部分

预言家

79

第四部分

16

121

第五部分

瓦伦丁·凯特利

171

第六部分

浪

185

第七部分

马修·罗斯·索伦森

231

第一部分

皮拉内西

月亮在北三号大厅升起的时候,我去了九号前厅

信天翁来到西南各大厅之年第五个月第一天的记录

月亮在北三号大厅升起的时候,我去了九号前厅,看三股潮水汇合。这是八年才发生一次的景观。

九号前厅有三座壮观的楼梯,墙上排列着大理石雕像。数百座雕像层层叠叠地排列着,堆得非常高。

我爬上西边的墙,来到举蜂巢的女人的雕像旁,这里离地15米高。举蜂巢的女人有我两三倍高,蜂巢上刻满了大理石蜜蜂,个个都和我的大拇指一样大。其中一只蜜蜂让我觉得有些恶心——它爬到那女人的左眼上。我挤进雕像所处的壁龛等着,终于听见潮水呼啸着从下层大厅里冲上来,墙壁因即将到来的大潮而震动。

最先涌来的是远东大厅的潮水。它平静地漫过最东边的楼梯。潮水没什么颜色,刚没过脚踝,在地上形成一片灰色的镜面,那大理石花纹的表面上布满牛奶般的泡沫。

接着涌来的是西面大厅的潮水。伴随着惊雷般的声音,潮水淹没了最西边的楼梯,重重地撞上了东边的墙,让大理石雕像都颤动起来。它的泡沫白如鱼骨,旋涡深处呈现出青灰色。几秒钟不到,水越升越高,淹没了第一层雕像的腰部。

最后涌来的是北面大厅的潮水。它冲上中间的楼梯,迸发出大量闪亮雪白的泡沫,充满了整个前厅。我被淋得湿透,一时

间什么也看不清。当我能再次睁眼时，水正顺着雕像倾泻而下。这时候我意识到自己犯了个错误，把第二和第三个大潮里的浪数错了。巨大的水花冲向我的容身之处。水像一只大手伸来，想把我从墙上拽下来。我一把抱住举蜂巢的女人的腿部，祈祷这座大宅能保护我。水淹没了我，一时间我周围全然是古怪的寂静，那是大海在吞没你的同时也吞没了自己的声音。我以为自己就要死了，或者会被冲进未知的大厅里，远离这些湍急混乱的寻常潮水。我继续紧抓不放。

但是水很快退去了，就像它冲上来的时候一样突然。混在一处的潮水冲进周围的大厅。我听见雷鸣般的声响和潮水拍击墙壁时发出的碎裂声。九号前厅里的水迅速退潮，最终只勉强没过第一层雕像的底座。

我意识到自己正握着什么东西，于是松开手，发现那是一截大理石的手指，是潮水从远处某个雕像上冲下来的。

这座大宅壮美无限，仁慈无边。

世界概述
信天翁来到西南各大厅之年第五个月第七天的记录

我决定尽我所能在有生之年去探索这个世界。从这里出发，我目前往西最远走到过九百六十号大厅，往北最远走到过八百九十号大厅，往南最远走到过七百六十八号大厅。我爬到过上层大厅，那里的浮云缓缓地列队行进，雕像会忽然从雾中显现。我也去过被淹没的大厅，那些大厅里深黑的水面上长满了白色的睡莲。我还去过东边的荒废大厅，那里的天花板、地板——有时候甚至还有墙壁！——都坍塌了，灰色的光柱照进昏暗之中。

我只是站在门口，朝这些大厅里面看。我没发现任何征兆指向这个世界的末路，目之所及只有连续不断的大厅和走廊，一直延伸到远方。

每个大厅、每个前厅、每座楼梯、每条走廊都有雕像。绝大部分大厅里，每一个可能的角落里都挤满了雕像，不过有时候你还是会发现一个空的底座、方形壁龛或者半圆形壁龛，甚至可能在布满雕像的墙壁上找到一小块空白处。空缺之处和雕像本身都同样神秘。

我注意到，每个大厅里的雕像基本上大小一致，但各个大厅之间差异很大。有些地方的雕像是真人的两三倍大，有些地方的就是真人大小，还有些地方的雕像只到我肩膀。被淹没的大厅里的雕像异常庞大——有15到20米高——但这些只是特例罢了。

我在编一份目录，决心要把每座雕像的位置、大小、主题和一切有趣的细节都记录下来。到目前为止，我已经记录完了西南一号和二号大厅，正着手记录三号大厅的雕像。这项艰巨的任务有时候会让我觉得眩晕，但是作为一个科学家、一个探索者，我有义务去见证这个世界的壮美之处。

这座大宅的窗外是大片大片的庭院，那里一片荒芜，只有铺着石头的空地。大部分庭院是四边形的，不过有时候也会看到六边形、八边形的庭院，有时候甚至能看到只有三条边的——那种真是特别奇怪而阴郁。

大宅以外就只有天体了：太阳、月亮和星辰。

大宅分为三层。下层大厅灌满了潮水；隔着庭院望去，那里的窗户被不停翻涌的水面映成灰绿色，还能看到飞溅的白色泡沫。下层大厅里有种类丰富的鱼类、甲壳类和海草。

上层大厅则布满了浮云，我之前已经说过；那里的窗户呈灰白色，雾气迷蒙。有时候你能看到一整排窗户忽然被闪电照亮。上层大厅能提供淡水，不过是以雨的形式落在前厅，然后水顺着墙壁和楼梯流下。

在这两层大厅（几乎无人居住）之间便是中层大厅，住着鸟类和人类。这座大宅的美丽秩序赋予了我们生命。

今天早上，我透过东南十八号大厅的窗户往外看。我看到那个人正在庭院彼端的窗边眺望。那扇窗户高而黑，那个人相貌高贵，前额很高，修剪整齐的胡须形成一个尖角。他像往常一样正在沉思。我朝他挥手，他没看见我。于是我更夸张地挥手，用力跳着。但是这座大宅的窗户太多了，他没看见我。

目前活过的所有人物的列表以及已知的有关他们的信息
信天翁来到西南各大厅之年第五个月第十天的记录

自这个世界开始以来，这里肯定存在过十五个人，可能还不止。但我是个科学家，必须通过证据加以推断。这十五个人确确实实存在过，目前只有我和那个人活着。

现在我将列出这十五个人的名称，如有必要，还会一并给出他们的位置。

第一个人：我自己
我认为我年龄在三十至三十五岁之间。身高大约1.83米，体形较瘦。

第二个人：那个人
我估计那个人年龄在五十到六十岁之间。他身高大约1.88米，体形跟我一样，也比较瘦。他很强壮，与他的年龄很相称。他的皮肤是苍白的橄榄色，短发和唇髭都是深褐色。他的胡须是灰色——几乎全白，修剪得很整齐，形成一个小尖。他的骨相很美，颧骨高而优雅，前额饱满，令人印象深刻。他给人的整体印象很友好，看起来很简朴，似乎专注于理性的生活。

他和我一样是个科学家，同时是除我以外唯一一个活着的人，因此我很重视和他的友谊。

那个人相信这个世界的某处隐藏着某种"伟大而隐秘的知识",我们一旦发现,就能获得无穷无尽的力量。但是他也不清楚那种知识到底由什么构成,不过他有好多次都表示,可能包括如下内容:

1. 战胜死亡,获得永生
2. 通过心灵感应得知别人在想什么
3. 让我们变身为鹰并在空中飞翔
4. 让我们变身为鱼并在潮水中游泳
5. 通过意念移动物品
6. 能熄灭或点燃太阳及其他恒星
7. 统治智力较低的生物,让它们服从我们的意志

我和那个人很努力地寻找那种知识。我们每周见面两次(星期二一次,星期五一次)以讨论工作。那个人非常仔细地规划自己的时间,每次我们的会面都绝不会超过一小时。

要是别的时候他要见我,他就会喊:"皮拉内西!"直到我过去。

皮拉内西。他就是这样称呼我的。

这很奇怪,因为在我的记忆中,这不是我的名字。

第三个人：饼干盒男人

饼干盒男人是西北三号大厅一个空壁龛里的一具骷髅。那些骨头被排列得很奇特：大小差不多的长骨被收集起来，起初是用海草做的绳子绑在一起的。长骨右边摆着头骨，左边摆着一个饼干盒，盒子里装的是小的骨头——手指的骨头、脚趾的骨头、脊椎骨等等。饼干盒是红色的。盒子上有饼干和熊的图案，还有一行字："亨特利·帕尔默斯和家人"。

我发现饼干盒男人的时候，海草绳子已经干裂了，骨头变得很散乱。我用鱼皮做了新的绳子，重新把他的骨头绑起来。现在他又变得井然有序了。

第四个人：藏起来的人

三年前的一天，我爬上十三号门厅的楼梯。我发现上层大厅的浮云已经消散了，大厅里一片明亮，阳光照着每个角落，便决定再走远点。在其中一个大厅（正好位于东北十八号大厅的正上方的那个）里，我发现一具几乎倒塌的骷髅卡在底座和墙壁之间的狭小空间里。从当时这具骨架的姿势来看，我认为它起初可能是坐在那里，膝盖抵着下巴。我不知道这个人的性别。要是我拿起骨头来检查，可能就再也放不回原处了。

第五至第十四个人：壁龛里的人

壁龛里的人都是骷髅了。他们的骨头并排躺在西南十四号大厅最北端一处空的底座上。

我勉强分辨出三具骷髅是女性，三具是男性，还有四具我看不出性别。其中一个我称之为鱼皮人。鱼皮人的骨头很不完整，很多骨头都被潮水侵蚀了，有些几乎变得像小鹅卵石一样了。有些骨头末端有小洞，还有鱼皮碎片。由此我得出结论：

1. 鱼皮人的骷髅比其他人的都古老
2. 鱼皮人的骨头是被特意摆在这里进行展示的，他的骨头被鱼皮穿起来，但是随着时间流逝，鱼皮散了
3. 鱼皮人之后的人（应该就是那些壁龛里的人）为了表示对人类的尊敬，耐心地收集起他的骨头，等他们自己死后，也和鱼皮人躺在一起

问题：当我觉得自己快死了的时候，我是不是也该走过去，和那些壁龛里的人躺在一起呢？我估计那里还放得下四个成年人。不过我是个年轻人，我的死期还远（希望如此），我可以好好想一下这个问题。

还有一具骷髅躺在那些壁龛里的人的旁边（这一个不算是曾经活过的人）。那是个约有50厘米长的生物，还有一条跟身体一样长的尾巴。我把这具骨架跟雕像中的各种动物对比过，它应该是某种猴子。在这座大宅里，我从没见过活的猴子。

第十五个人：被折叠的小孩

被折叠的小孩是一具骷髅。我相信那是个女孩，大概七岁。她在东南六号大厅一个空的底座上。她的膝盖抵着下巴，她低着头，脖子上戴着一串鱼骨和珊瑚做成的项链。

我认真思考了一下这孩子跟我的关系。这个世界里只有我和那个人活着（我已经说过了），我们两个都是男性。我们死后，这个世界的新居民从何而来呢？我相信，这个世界（或者说这座大宅，因为这二者从实际用途而言是一回事）希望能有居民来见证它的壮美，领受它的慈悲。我猜想，大宅打算让这个被折叠的小孩当我的妻子，不过有意外发生，让这件事落空了。自从我有了这个想法，我就觉得必须和她共享我所拥有的一切。

我拜访所有的死者，尤其会去看被折叠的小孩。我给他们带去食物、水，还从被淹没的大厅摘了睡莲给他们。我跟他们讲话，给他们讲我最近在做什么，讲我在大宅里见到的种种奇迹。这样他们就知道他们并不孤独了。

只有我才会这样做。那个人不会这样做。据我所知他不进行任何宗教活动。

第十六个人

你。你是谁？我在给谁写东西？你是不是一个旅行者？是不是躲过了潮水，穿过破损的地板和废弃的楼梯来到这些大厅里的？你会不会是在我死后很久住在这个大厅里的人？

我的日记

信天翁来到西南各大厅之年第五个月第十七天的记录

我把自己的见闻记录在笔记本上。这么做有两个原因。第一，写东西可以养成准确仔细的习惯。第二，我想给你——第十六个人——留下尽量多的知识。我把我的笔记本放在一个棕色皮革邮差包里，邮差包一般都放在北二号大厅东北角玫瑰丛中的天使雕像后面的一个洞里。我的手表也放在那里，星期二和星期五跟那个人在 10 点钟见面的时候要用到。（别的时候我不戴它，因为怕海水渗入其中，弄坏手表的机械结构。）

有个笔记本是我为潮水做的表格。我在本子里记录了涨潮落潮的时间和水深，计算潮水什么时候会来。另外一个笔记本是我为雕像编的目录。别的本子我用来写日记，写下想法和回忆，记录我每天的生活。到目前为止，我的日记已经写满了九本笔记本，现在是第十本了。每一本都编了号，绝大多数都按照记录的日期贴了标签。

1 号日记本贴的是"2011 年 12 月至 2012 年 6 月"。

2 号日记本贴的是"2012 年 6 月至 2012 年 11 月"。

3 号日记本本来贴的是"2012 年 11 月"，但是被划掉了，新标签是"哭嚎之年第十二个月第三十天至我发现珊瑚厅之年第七个月第四天"。

2 号和 3 号日记本有些页面被粗暴地撕掉了。我很困惑是什么人撕的，为什么要撕，但是一直没得出什么结论。

4号日记本贴的是"我发现珊瑚厅之年第七个月第十天至我命名星座之年第四个月第九天"。

5号日记本贴的是"我命名星座之年第四个月第十五天至我清点并命名死者之年第九个月第三十天"。

6号日记本贴的是"我清点并命名死者之年第十个月第一天至东北二十号和二十一号大厅天花板坍塌之年第二个月第十四天"。

7号日记本贴的是"东北二十号和二十一号大厅天花板坍塌之年第二个月第十七天至同年最后一天"。

8号日记本贴的是"我到达西九百六十号大厅之年第一天至同年第十个月第十五天"。

9号日记本贴的是"我到达西九百六十号大厅之年第十个月第十六天至信天翁来到西南各大厅之年第五个月第四天"。

这本日记（10号）是从信天翁来到西南各大厅之年第五个月第五天开始的。

用日记形式记东西的缺点之一就是很难再次查找重要内容，因此我用一本笔记本当作所有日记的目录。在这本笔记本中，我给每个字母都分配了不同的页数（A、C之类常用的字母占的页数多些，Q、X之类用得少的字母占的页数少些）。每个字母下面我都按照主题列出条目，并注明它们在日记中所处的位置。

读完我写下的东西之后，我意识到了一些事情。我采用了两种不同的纪年法。我之前怎么没发现呢？

我可真是做了件错事。只需要一种纪年法即可。两种会造成疑惑、不确定、怀疑和混乱。（而且看起来也非常不美观。）

第一种纪年法里，我命名了2011和2012两个年份。我真是太没想象力了。而且我也记不住两千年前发生了什么，所以我认为那一年正好可以作为起始点。根据第二种纪年法，我将每一年都命名为诸如"我命名星座之年"或"我清点并命名死者之年"之类。我更喜欢这样。这样每年都有了独特的个性。所以我就一直采用这个纪年法了。

雕像
信天翁来到西南各大厅之年第五个月第十八天的记录

有一些雕像是我尤为偏爱的。举蜂巢的女人便是其中之一。

另外一座雕像应该算是我最喜欢的一座了，它位于西北四号和五号大厅之间的门口。那是一座半人半羊的牧神雕像，满头浓密的鬈发。他微笑着，食指按在嘴唇上。我总觉得他想告诉我一些事情，或者是想提醒我点什么。他似乎在说：安静！小心！但究竟要小心什么呢，我一直都不知道。我梦见过他一次，他站在白雪覆盖的森林里，对一个小女孩说着话。

北五号大厅的一座猩猩雕像总是引起我注意。他蹲坐在自己的腿上，用有力的胳膊和拳头支撑自己向前探出身体。他的脸让我很是着迷。他粗大的眉毛盖在眼睛上方，那表情要是放在人脸上应该是愤怒的样子，但是放在猩猩脸上却是截然相反的意思。他表达出了很多意思，诸如平和、安宁、力量和忍耐。

此外还有很多我喜爱的雕像——演奏大镲的小男孩、背负城堡的大象、两位对弈的国王。最后要说说那个雕像，它不是我最喜欢的。而且严格来说，那应该是一对雕像，它们每次都能牢牢吸引我的注意力。那两座雕像位于西一号大厅的东门两侧。它们大约 6 米高，有两个很奇怪的特点：首先，它们比西一号大厅里的其他雕像都要大；其次，它们都不完整。他们的身体只有腰部以上才露出墙面，双臂奋力向后推，肌肉因为用力而鼓起，脸都扭曲了。光是想想就知道他们不怎么舒服。他们看起来很痛苦，似乎想要挣脱出来；他们的抗争也许是徒劳的，但他们不肯放弃。他们的头上有十分夸张的角，因此我把他们命名为长角的巨人。他们代表了面对悲惨命运时的努力和抗争。

喜欢某些雕像胜过其他雕像，这是不是对大宅的不敬呢？有时候我这样问自己。我相信，大宅本身会平等地爱着、庇护着它所创造出来的一切。我是不是也应该这样才对呢？但与此同时，我知道人的天性就是有所偏好的，总会发现有些东西比别的更有意义。

有树吗?

信天翁来到西南各大厅之年第五个月第十九天的记录

有很多事情都是未知的。有一次——大概是六七个月之前——我看到一簇黄色的东西漂在西四号大厅下方轻柔的潮水上。我不知道那是什么,于是去水里把它捞了起来。那是一片叶子,非常美丽,两面各有一道曲线。这片叶子当然可能来自某种我从没见过的海洋植物,但也很可能不是。纹理看起来不像。它的表面不沾水,看起来就像是一种应该活在空气中的生物。

第二部分

那个人

巴特-西
信天翁来到西南各大厅之年第五个月第二十九天的记录

今天早上10点,我去了西南二号大厅和那个人见面。我进入大厅时,他已经在那里了,正靠在一个空底座上摆弄一台闪亮的仪器。他穿着一身裁剪得体的炭灰色羊毛西装和雪白的衬衣,在他橄榄色皮肤的映衬下,显得尤为好看。

他看着自己的仪器,头也不抬地说:"我需要一些数据。"

他经常是这样的:完全专注于自己要做的事情,以至于忘了说"你好""再见",也不问我最近怎么样。我不介意。我对于他专注科研的态度感到钦佩。

"什么数据?"我问,"我能帮你吗?"

"当然了。"他说,"要是你不帮我,我就没法工作了。今天我研究的主题是你!"说到这里,他放下手里的事情,抬起头朝我笑了笑。只要他愿意微笑,那笑容真是充满了魅力。

"真的吗?"我问,"你需要什么数据?你有什么关于我的假说吗?"

"有。"

"是什么?"

"我不能告诉你,那样会影响数据。"

"哦!是啊。那倒也是。抱歉。"

"没关系,"他说,"好奇也是很自然的。"他把那台闪亮的仪器放在空底座上,转过身来。"坐下。"他说。

我坐在地上,盘着腿等他提问。

"这样舒服?"他说,"好吧。跟我说说你记得什么?"

"我记得什么?"我疑惑地问。

"对。"

"这个问题太宽泛了。"我说。

"没关系,"他说,"尽量回答。"

"嗯,"我说,"我觉得我什么都记得。什么事情我都记得。"

"真的吗?"他说,"这可真是不得了。你确定吗?"

"确定。"

"列举几个你记得的东西。"

"嗯,"我说,"比如你随便说一个大厅,那个大厅距离这里有好几天的路程。而我之前正好去过,我能立刻告诉你该怎么走。你想去哪个大厅,我都能告诉你。我能告诉你墙上有哪些醒目的雕像,还能说得挺精确,而且可以告诉你雕像的位置——它们在哪面墙上,是东还是南还是西还是北——墙有多长。我还能列举所有……"

"你记得巴特-西吗?"那个人问。

"嗯……什么?"我问。

"巴特-西。你记得巴特-西吗?"

"不……我……巴特-西?"

"是的。"

"我不知道……"

我等着那个人解释一下,但是他什么都没说。我知道他在密切观察我,我确信不管他在研究什么,这个问题都非常关键,但是到底该如何回答,我却没有任何头绪。

"'巴特-西'不是一个词,"我最后说道,"它不指代任何东西。这个世界里没有哪个东西对应这组发音。"

那个人依然没说话。他继续认真地看着我。我也疑惑地看着他。

然后我忽然有点明白了,叫了一声:"啊!我知道你在干什么了!"我说着笑了起来。

"我在干什么?"那个人微笑着问。

"你想知道我说的是不是事实。我刚才说我能准确描述自己之前去过的所有大厅。但你无法判断我说的到底是不是真的。比如说我描述去北九十六号大厅的路,你不知道我说得对不对,因为你从来没有去过。于是你问我一个完全没有意义的单词——巴特-西。要是我说我记得巴特-西,并且描述如何去巴特-西,你就知道我在撒谎,我在说大话。你提的是个控制问题。"

"的确如此,"他说,"我就是这个意思。"

我们都笑了起来。

"你还有什么问题要问我吗?"我问。

"没有了。都问完了。"他正要转身往那台闪亮的仪器里输入数据，不过我似乎有什么地方引起了他的注意，他疑惑地看了我一眼。

"怎么了？"我问。

"你的眼镜。你的眼镜是怎么回事？"

"我的眼镜？"我说。

"是啊，"他说，"看起来有点……奇怪。"

"你在说什么呢？"

"眼镜腿用什么绳子绑了好几圈，"他说，"两边都有垂下来的部分。"

"哦，我明白了。"我说，"是的，我的眼镜老是断。一开始是左边断了，然后右边也断了。含盐的空气腐蚀了塑料。我尝试了好多办法修理。左边眼镜腿我用的是鱼皮和鱼胶，右边我用的是海草。海草效果不好。"

"是啊，"他说，"我看也是。"

在我们下方的大厅里，潮水涌上来冲刷着墙壁。轰。它退去，然后穿过门，冲向下一个房间的墙壁。轰。轰。轰。然后再次退去，再次冲上前。轰。西南二号大厅像琴弦一样嗡嗡作响。

那个人似乎很焦急。"这声音听起来太近了，"他说，"我们还是离开这里比较好吧？"他不明白那是潮水。

"不用。"我说。

"好吧。"他这样说着，却不太相信。他瞪大了眼睛，呼吸变得急促。他不停地看着那一连串的门，似乎担心水会随时涌进来。

"我不想被困住。"他说。

曾经有一次，那个人在北八号大厅时，一股很大的潮水从北面大厅涌进十号门厅，随后又有一股很大的潮水从东面大厅涌进十二号门厅。结果大量的水冲进那一带的大厅里，也包括那个人所在的地方。他被水冲刷卷走，冲过一扇又一扇的门，水把他拍到墙上，撞到雕像上。有好几次他都被完全淹没了，几乎被淹死。但最终潮水把他推到西三号大厅的地面上（距离他起初所在的地方隔了七个大厅）。我就是在那里发现他的。我给他拿了毯子和用海草、贻贝做的热汤。他能走路了之后，就一言不发地独自离开了。我不知道他去了哪里。（其实我一直都不知道。）那件事发生在我命名星座之年的第六个月。从那之后那个人就害怕潮水。

"没有危险的。"我对他说。

"你确定？"他问。

轰。轰。

"确定。"我说，"再过五分钟，潮水就会到达六号门厅，冲上楼梯。南二号大厅——也就是从这里往东间隔两个大厅的地方——会被淹没个把小时。但是水到我们这里的时候顶多只会没过脚踝。"

他点点头，但是依然非常焦虑，没过多久就走了。

临近傍晚的时候，我去了八号门厅捕鱼。我没有去想我和那个人的对话，我想的是我的晚餐和夕阳下的雕像有多美。我站在那里，把网子撒进下层楼梯的水里，一幅景象忽然出现在我面前。我看到灰色的天空中出现潦草的黑色图案，其中还闪耀着明亮的红色，一些词语浮现出来——黑色背景上的白色词语。与此同时，还出现了刺耳的噪音，我的舌头上有股金属味。所有这些景象——其实都是些碎片或者幻影——似乎都合并在那个奇怪的词语"巴特-西"周围。我想看清楚，把它们都看个明白，但是它们像梦一样淡去，最后消失不见了。

白色十字架

信天翁来到西南各大厅之年第五个月第三十一天的记录

如果你看了我之前的日记（9号日记），你会发现去年最后一个月我几乎什么都没写，今年第一个月和第二个月上半月也没写东西。（有时候确实会这样，其中的原因我稍后解释。）在这段时间里发生了一件事，我之前想写但未写成。就现在写吧。

当时是隆冬时节。雪堆积在楼梯的台阶上。门厅的所有雕像都披上了白色的斗篷、罩衫或戴上了白色的帽子。那些伸着胳膊的雕像（数量众多）都有冰柱挂在他们的胳膊上，像是握着宝剑；有些冰柱则排成一排，仿佛胳膊上长了羽毛。

有一件事我虽然知道，但常常忘记：冬季很艰苦。寒冷天气一直持续，很难保暖，必须花很多工夫才能暖和。每年冬季降临时，我都庆幸自己储存了丰富的干海草当燃料，但是随着一天又一天、一周又一周、一个月又一个月过去，我就会担心燃料到底够不够。我尽可能地把所有衣服都穿在身上。每个星期五，我都盘点燃料，然后计算每天用多少才能坚持到春天。

去年第十二个月，那个人暂停了"伟大而隐秘的知识"的研究工作，并取消了我们的会面，因为他说天气太冷，没法站着说话。我的手指头都冷得麻木了——写字变得越发困难。到最后，我干脆就完全不写日记了。

第一个月中旬，风从南方吹来。风接连不停地吹了好几天，我实在不想抱怨但却做不到，我觉得这恐怕是某种磨炼。那风把雪吹进了大厅。晚上我在北三号大厅里睡觉时，风吹到我的床上。它在门厅里嚎叫，把一些松散的雪卷起来，吹得好像小小的幽灵在舞动。

风也不是每天晚上都刮。有时候它从雕像的孔隙和裂缝里吹过，发出令人惊异的乐音和哨声，我从不知道雕像也能发出声音，听见之后不禁高兴得笑起来。

有一天我起得很早，便去了四十三号门厅。我经过的那些大厅都很灰暗，窗户里的光都非常微弱——与其说是有光，不如说只有光这个概念。

我是打算去收集海草，补充食物也补充燃料。一般我都是在春、夏、秋三个季节晾干海草。冬天太冷太潮湿了。但是我忽然想到，如果可以把海草挂起来（比如挂在走廊上），就可以很快风干了。但麻烦的地方在于如何固定海草而不让它们被风吹走。我想了三个方法，很想都尝试一遍，看哪种最有效。

我穿过西十一号大厅，风吹得我步履蹒跚，一会儿踩在这块石板上，一会儿又被推到另一块石板上，好像棋盘上的一枚棋子。（有几步我走得可算是别出心裁！）

我沿着四十三号门厅的楼梯往下走，进入了下层大厅，就是在西南三十七号大厅正下方的那一个。在风的影响下，涨潮时潮水比平时更高，来得也更猛烈，落潮时则更低。当时正在落潮，海水远远退去，大厅里完全没有水（这是很少见的），里面满是潮水带来的东西：海草被风吹着，好像小旗子；还有鹅卵石、海星、贝壳，风吹着它们，在石头地板上发出咔嗒咔嗒的声音。

时候还早，可以看到天上的淡金色映在庭院的窗户里。在我的前方可以看到起伏的灰色水面环绕着通往下一个大厅的走廊。汹涌的水面和走廊平直的线条形成鲜明的对比。

我弯腰去捡那些湿冷的海草。在狂风吹拂中，这么简单的工作也变得异常艰难，我必须花很大力气才能让自己站稳。一束一束的海草被风吹着，不停地抽打我的手，我的手又冷又酸痛。

捡了一会儿，我站直身体放松背部。我再次抬眼看通向下一个大厅的走廊。

我看到了幻景！在半空中，灰色的波浪上方出现了一个闪着光的白色十字架。那种白色真是白得发亮，远比周围墙上的雕像要白。那十字架美则美矣,我却不明其意。下一刻我忽然有了一些启发:这不是一个十字架,而是某个巨大雪白的东西,被风吹着飞快地朝我飘来。

它是什么呢?可能是一只鸟,但是如果我是在非常遥远的地方看着它,那这只鸟肯定比我平时见过的那些大得多。它往前飘,直接冲向我。我伸展双臂回应它舒展的双翼,仿佛要拥抱它一样。我大声呼喊。欢迎!欢迎!欢迎!这些是我想说的话,但是风吹得我喘不过气来,我能说出来的就只有:"来!来!来!"

鸟在汹涌的波涛上翱翔,但它根本没有拍一下翅膀。它技艺娴熟,轻松地侧身从我们之间的走廊穿过。它的翼展超过门的宽度。我看得出来,那是一只信天翁!

他继续笔直地朝我飞来。我忽然冒出一个特别奇怪的想法:也许信天翁和我注定会见面,我们会合二为一,成为一个全新的生物:一个天使!这个念头让我激动又恐惧,但我依然伸展双臂,模仿信天翁飞行的样子。(要是我以天使的模样飞到西南二号大厅,给那个人带去和平和喜悦的消息,他肯定会非常惊讶!)我的心跳得飞快。

他飞过来的那一刻——那一刻我以为我们会像星球相撞一样合二为一!——我发出急促的喊声——啊!与此同时,我感觉某种被压抑的紧张感离我而去,而在那一刻之前,我甚至不知道我还承受着这样的压力。宽大雪白的翅膀从我头顶掠过。我感觉到了那对翅膀带来的气流,也闻到了那尖锐的咸味,那是我在大厅里永远也见不到的遥远之地肆虐的潮水和风的味道。

信天翁在最后一刻从我左肩掠过。我摔倒在地上。他疯狂地拍打着翅膀,似乎很惊慌,并伸出粉色的细腿降落下来,在地板上跳了几下。在天上的时候,他是个神奇的生物——一个神灵般的生物——但是落在石头地板上之后,他就成了一只普通的鸟,和其他所有凡间生物一样笨拙。

我们都站起来。现在他停在干燥的地板上,看起来比之前还要大;他的头几乎达到了我的胸口。

"很高兴见到你,"我说,"欢迎。我是住在大厅里的人。是其中之一。还有另一个人,但是他不喜欢鸟,所以你多半看不到他。"

信天翁张开翅膀,朝着天花板伸长脖子。他发出类似咔嗒咔嗒和呼呼的声音,我觉得他也在问候我。他的翅膀外侧颜色很深,接近黑色,各有一个星星状的白点。

我又继续去收集海草。信天翁在大厅里走着。他灰粉色的脚踏在地上,发出响亮的声音。他时不时走来看我一眼,仿佛收集海草很有趣似的。

第二天我又去看。信天翁出现在楼梯上,正在看四十三号门厅。此外,门厅里还有一只信天翁!我真是高兴极了,他的妻子也来了!(也可能昨天那只信天翁是雌的,今天这只是她的丈夫。因为信息有限,我也不太清楚。)新来的那只信天翁翅膀外侧的花纹不太一样，她（也可能是他）的花纹是白色的斑点，好像落下了银色的雨。两只信天翁张开翅膀，绕着彼此舞蹈；他们的喙指向天花板，发出愉快的尖叫声；他们粉色的喙互相敲击，表达着快乐之意。

几天后我又去看了他们。这一次他们安静多了，门厅里有种消沉沮丧的气氛。我认为是雄性的那只信天翁（翅膀上有星星那只）从下层大厅里叼来很多海草。他用喙衔起大团大团的海草。几分钟后他似乎很不满意，于是又开始重新收集海草，并放在不同地点。这种动作他重复了十几次。

"我似乎明白你的难题了，"我说，"你是来筑巢的。但是你找不到需要的材料。这里只有湿冷的海草，而你需要干燥的东西来造个舒适的窝好孵蛋。别担心，我会帮你。我可以给你一些干海草。虽然我不是鸟类，但是干海草肯定很适合筑巢。我这就去拿。"

那只带星纹的信天翁张开翅膀，伸长脖子，将喙指向天花板，发出刺耳的咔咔声。我心想，这是他在表达热切的心情吧。

我回到北三号大厅，将一张网眼很大的塑料渔网摊开，在里面放了一些我认为可以用来给两只大鸟筑巢的材料。那些东西大约相当于三天的燃料，分量可不少，我知道把这些燃料送给信天翁，我之后就会挨冻。但是有新的信天翁到这个世界来了，稍微挨几天冻又算得了什么呢？我又往海草堆里加了另外两样东西：一些干净的白羽毛，我收集这些羽毛是因为喜欢；另外我还把一件旧的套头羊毛衫放进去了,那衣服上有不少洞,已经不能穿了,不过还是可以把宝贵的鸟蛋放在里面。

我把这张渔网拖到四十三号门厅。那只雄性信天翁立刻对网子里的东西产生了兴趣。他叼起一大团干海草,想把它放在别的地方。

很快,两只信天翁就造好了一个很高的窝,底部大约有一米宽,他们在里面产卵。他们是完美的父母,对自己的蛋非常关心,后来也同样精心照料自己的雏鸟。雏鸟长得很慢,还没有要长出羽毛的迹象。

我把这一年叫作"信天翁来到西南各大厅之年"。

鸟儿们默默地蹲在西六号大厅
信天翁来到西南各大厅之年第五个月第三十一天的记录

两年前,东北二十号和二十一号大厅的天花板塌了。从那时起,大宅那片区域的天气就发生了变化。云从破损的天花板飘进来,溜进中层大厅——通常它们根本到不了那里。结果这个世界就变得灰暗阴冷。

今天早上我被冷醒了,整个人直发抖。一片云飘到了我睡觉的北三号大厅。这里都是精美的白色雕像,现在都盖上了白雾。

我迅速起身,忙着开始一天的任务。我从九号门厅收集海草,做了一顿营养丰富的热汤当早餐,然后出发前往西南三号大厅继续给雕像编目录。

大宅里十分安静。看不到鸟儿飞翔,也听不到鸟儿歌唱。它们去哪儿了呢?它们似乎也跟我一样,觉得云层覆盖的世界很压抑。最终我在西六号大厅找到了它们。它们聚集在那儿,停在雕像的头上、肩膀上、底座上、柱子上,都默默地蹲着,等着。

被淹没的大厅
信天翁来到西南各大厅之年第六个月第八天的记录

一号门厅以东的这部分大宅荒废了。上层大厅的砖石和雕像都穿过破损的地板,掉进中层和下层大厅里,堵住了门。大约有四十或五十个大厅不受潮水的侵扰。海水早就干了,这些大厅里灌满雨水,形成平静的黑色淡水湖。它们的窗户一半没入水中,有些被砖石堵住,看起来十分灰暗阴沉。由于隔绝了潮水,它们都非常安静。

这些就是被淹没的大厅。

这片区域的外围水很浅,很平静,长满了睡莲。但是在中心处水就很深很危险,水中满是碎砖块和雕像。绝大部分被淹没的大厅都是进不去的,但是有些可以从上层大厅进去。

须发鬈曲的男人的巨大雕像就在这些大厅里,他们仿佛在奋力挣扎，想要逃脱墙壁的束缚，以至上半身悬在浑黑的水面上方。其中有一个雕像探出去尤其远，他强壮的后背形成一个距离水面半米高的平台，那是个钓鱼的好地方。

夜钓是最好的，鱼都游出来在月光下嬉戏，一眼就能看见。

云聚集在东十九号大厅上方
信天翁来到西南各大厅之年第六个月第十天的记录

我曾经不敢靠潮水太近。我听见那雷鸣般的声音就会赶紧躲起来。我当时很无知，怕被潮水卷走淹死。

我尽可能远离潮水，躲在干燥的大厅里，那边的雕像没有被海草覆盖，也没有被甲壳类动物覆盖，而且空气中也没有潮水的气味：换言之，就是最近没有被水淹没的大厅。水不是问题，很多大厅都有淡水小瀑布（有时候你能看到雕像经过数百年流水冲刷，几乎被分成两半）。食物就比较麻烦，因为当时我不敢靠近潮水，就只能走去门厅，通过楼梯去到下层大厅，再到海洋边缘。然而波浪的力量让我害怕。

那时候其实我也知道潮水是有规律的。我想，要是记录下每次潮水并加以统计，也许就能预测它什么时候会出现了。这就是我开始制作表格的初衷。不过虽然我掌握了一些有关潮水的数据，但是还不知道它们的本质。我觉得潮水可能也跟大宅里的其他事物一样。后来我在潮水到来时希望能捕到大量的鱼和海草，结果惊讶地发现潮水干净清澈，什么都没有。

我经常饿肚子。

恐惧和饥饿迫使我去探索这座大宅。我发现在被淹没的大厅里有很多鱼。那里水面平静，我不害怕。但问题在于被淹没的大厅总是被荒废区域包围着。为了到那里去，我必须先走到上层大厅，再穿过地板上的大裂隙，通过这些残骸往下走。

有一次我两天没吃饭，决定去被淹没的大厅找食物。于是我去了上层大厅，像我这样饿肚子的人去上层大厅可不容易。那些楼梯虽然大小各不相同，但是基本上都修得非常大，每一级几乎是我步伐的两倍。（就好像上帝造这座大宅本来是打算给巨人居住，结果后来突然改变了主意。）

我进入上层的一个大厅，就是在东十九号大厅正上方的那一个。接着我从这里往下走，进入被淹没的大厅，但是我沮丧地发现，那个大厅里阴云密布：灰暗，阴冷，潮湿，空无一物。

我随身携带日记。看了日记之后，我发现自己到过这一带，而且对这里的旁边一个大厅做了详细记录，也就是在东二十号大厅上面的那一个。我描述了那边雕像的特征和状态，甚至还画了其中一座。但是现在这个大厅——我现在所在的这个大厅，这个阴云密布的大厅——我没有记录。

我觉得今天要穿越一个路都看不清楚的大厅真是疯了，何况我还没有这里的记录，但是今天我不能让自己再挨饿了。

旁边的大厅也是差不多的状况。我正后方的那个大约有200米长、120米宽,所以前方的大厅可能也是这样的形状。这个距离倒也不是特别长,我主要是担心雕像。从我这个角度可以看到,那些人形或半人形的雕像个个都比我大两三倍,而且都摆出剧烈挣扎的姿态:打斗的男人,被半马人或半羊人抓走的男人和女人,将人类撕碎的章鱼。大宅里大部分地方的雕像都表现出快乐、安宁或冷静的样子,但是在这里,那些雕像仿佛都在尖叫,痛苦和愤怒扭曲了他们的脸。

我决定小心翼翼地慢慢走。万一撞到哪条伸出来的大理石胳膊可是很痛的。

我走进云雾中,沿着大厅北面的墙慢慢前进。雕像一个接一个从苍白的云雾中出现。它们密密麻麻地布满整面墙,到处都是扭曲的肢体,感觉仿佛走在一座胳膊和躯体组成的巨大森林里。

其中一座雕像从墙上掉了下来,碎了一地。我应该把它当作一个警告才对。

我来到一个地方,这里有个雕像拼了命要从墙里头挣脱出来。那是一个人像,他巨大的身体向后胡乱摆动,伸到了路边;他用胳膊捂住头部,一个半马人正在踩他;他的大手掌心朝上,手指痛苦地弯曲着。我朝墙对面跨了一步,准备绕开他,但是我的脚……

……没踩到任何东西。

没有地板!我的脚下没有石头铺成的路!我掉下去了!我

惊恐地朝墙边扑过去。很快我被什么东西接住了！我停在了半空中，吓得一动也不敢动，恐惧和震惊让我的脑子僵住了。我奇迹般地掉进了被踩踏的人的手里。那双手湿得滴水，而且滑得吓人，我要是乱动，就会从他手上掉下去，翻滚着掉下去。我吓得快哭了，只能拼尽最后一丝力气，紧紧抓住被踩踏的人；我顺着他的胳膊爬到他的头上，然后又爬到他的胸口，接着爬到他的腿上，挤进他大腿间的空隙里。攻击他的那个半马人像天花板似的，离我的头只有两三厘米远。周围云层太厚，我根本看不见什么地方有地板。

我在那里待了一天一夜，肚子很饿，几乎快要冷死了，但是我非常感谢被踩踏的人救了我。第二天早上开始刮风，云层向西飘去。我朝地上那个大裂口看去，发现那高度令人眩晕——至少有30米高——下面是被淹没的大厅里平静的水面。

对话

信天翁来到西南各大厅之年第六个月第十一天的记录

我定期和那个人见面，死者也安静地随时陪伴左右，此外还有鸟儿。鸟儿的意思很容易就能明白。它们的行为告诉我它们在想什么。通常它们想的是：这是食物吗？这是吗？这个呢？这个可能是食物。我基本确定是这样的。偶尔它们则是在想：下雨了。我不喜欢。

这些动作足够进行邻里之间的交流，但显然没有太深层的智慧。但这却让我意识到，也许鸟儿比它们乍看之下要聪明得多，这种聪明偶尔隐晦地显露出来。

有一次——那是一个秋天的傍晚——我来到东南十二号大厅门口，想从那里去十七号门厅。我发现我进不去，门厅里全是鸟，它们全在扑腾，四处绕圈盘旋，旋转着跳舞。它们像烟柱一样弥漫在整个门厅里，眼见那烟柱越来越黑、越来越浓密，但下一刻它们就散去，变得稀薄了。我见过好几次这种舞蹈，一般都是在每年最后几个月的傍晚。

另外一次我去九号门厅，发现里面满是小鸟。各种鸟都有，主要是麻雀。我刚往门厅里走了几步，它们就一大群飞上天空。它们一起朝东面的墙飞去，接着又飞向南面的墙，然后又绕了个大圈朝我飞来。

"早上好啊，"我说，"你们还好吧？"

大部分鸟儿都飞散开找地方落脚，只有少数——大约十只——落在西北角的园丁雕像上。它们停了大约半分钟，又一起飞到了西面墙边更高的雕像上：举蜂巢的女人。鸟儿在举蜂巢的女人的雕像上停了一分钟左右，就飞走了。

我很好奇在门厅的一千多座雕像里，它们为什么特意选中了这两座。我忽然想起，也许是因为这两座雕像都体现了勤勉的精神——这是个很傻的想法。园丁是个弯腰驼背的老人，他在努力为自己的花园松土。那个女人则从事养蜂行业，她举着一个满是蜜蜂的蜂巢，蜜蜂也都在努力工作。鸟儿是不是在告诉我要勤勉才行？看起来似乎是的。毕竟我已经挺勤劳了！当时我正要去八号大厅捕鱼。我肩上扛着渔网，还带了一个用旧桶子改造而成的捕虾笼。

鸟儿的这个告诫——如果是个告诫的话——似乎有点没道理，但我还是决定听从这个告诫，看看结果如何。那天我抓到了七条鱼、四只龙虾。没有一只被丢回海里。

当天晚上，刮起了西风，一场风暴意外袭来。潮水动荡不安，鱼都离开了通常栖息的大厅，到远海去了。接下来两天根本捕不到鱼，如果我没有听从鸟儿的告诫，这两天就没东西吃了。

这个经历让我想出一个假说：也许某一只鸟并不拥有多少智慧，但一群鸟聚在一起就智慧丛生了。我设计了一个实验来验证这个理论。在我看来，实验的难点在于，我无法预知这类事件何时发生，所以唯一的办法就是一连数月——更有可能是数年——仔细观察，认真记录。不幸的是，我和那个人的工作（当然，我指的是寻求"伟大而隐秘的知识"）占用了大部分时间。

但我一直把这个假说放在心上，并把今天早上发生的事情记录下来。

我进入东北二号大厅，和在九号门厅的时候一样，我发现里面满是各种各样的小鸟。我开心地大声对它们道了早安。

瞬间有二十只左右飞向北面的墙，停在高处的雕像上。然后它们又冲向西边的墙。

我回想起上一次的经历，这种行为正是某种信息的前兆。

"我在看着呢！"我对它们喊道，"你们想告诉我什么？"

我认真看它们接下来会干什么。

这些鸟分成两群，一群飞到了吹号角的天使的雕像上，另一群则飞到了随波而行的船的雕像上。

"吹号角的天使和船，"我说，"很好。"

随后，第一群鸟飞到了读大书的男人的雕像上，另一群鸟则飞到了展示大盘子或盾牌的女人的雕像上，盾牌上是云的图案。

"书和云，"我说，"好。"

最终，第一群鸟飞到了低头看花的小孩的雕像上；小孩把花拿在手里，那满头茂密的鬈发，像花瓣一样生机勃勃。第二群鸟飞到了一群老鼠吃谷物的雕像上。

"小孩和老鼠，"我说，"非常好。我知道了。"

鸟儿们飞散到大厅各处。

"谢谢你们！"我对它们喊道，"谢谢你们！"

如果我那个假说是正确的，这一定是鸟儿们在和我进行非常复杂的交流。这是什么意思呢？

吹号角的天使和船。吹号角的天使肯定有特别的含义。是快乐的信息？可能。但天使也可能传达严肃、冷峻的消息。因此无论这个消息是好是坏都不确定。船意味着长途旅行。来自远方的消息。

书和云。书里包含文字。云能隐藏东西。些许隐晦的文字。

小孩和老鼠。小孩代表天真无邪。老鼠在吞食谷物。谷物在一点一点地减少。逐渐消逝,或者说被消磨的天真。

所以在我看来,鸟儿们就是在说这个。来自远方的消息。隐晦的文字。被消磨的天真。

真有趣。

我会等上一些时候——比如说几个月——再来验证这些内容,看中间发生的事情是否对得上(还是截然相反)。

阿迪·多玛鲁斯
信天翁来到西南各大厅之年第六个月第十五天的记录

今天早上在西南二号大厅里,那个人说:"我今天要完成一些仪式,你可能不想待在这里。"

这个仪式是那个人用来探究"伟大而隐秘的知识"的,不管其中包含什么内容,他都想把那种知识带到这个世界上来,带给我们。迄今为止我们举行过四次仪式,每次都有一点点不同。

"我做了一些改动,"他继续说,"我想听听念出来效果如何,就在此地。"

"我来帮你吧。"我急切地说。

"好,"他说,"你不要太吵就行。我需要集中精神,保持清醒。"

"没问题。"我说。

今天那个人穿着一件中灰色的西装，搭配着白色的衬衣和黑色的鞋。他把那台闪亮的仪器放在空底座上。"这是个召唤仪式。"他说，"在召唤过程中，先知要朝东站。哪边是东？"

我指了一下。

"很好。"他说。

"我站在哪里？"我问。

"随便站在哪里。没关系。"

我站在他南边距离 2 米远的地方，我决定面向北边——也就是面对着他。我对此没什么想法，也不太懂仪式的事情，不过我觉得站在这里比较像个助手，可以帮忙，和解谜者的身份也产生了联系。

"我该做什么？"我问。

"不用做什么。照我说的保持安静就好。"

"那我就专心地用精神力量支持你。"我说。

"好。很好。就这么办。"他说。然后他又在那台闪亮的仪器上检查了一些东西。"好了。"他说，"仪式的第一部分我改动得最多。迄今为止，我只是呼唤这种知识，请它来到我这里，降临到我身上。我觉得似乎别无他法了，我只能召唤阿迪·多玛鲁斯的灵魂。"

"阿迪·多玛鲁斯是谁？"

"是一位国王,早就死了。他拥有那种知识。至少拥有部分知识。我曾经成功召唤他来帮助举行其他仪式,尤其是……"他忽然停下,似乎有些疑惑,"以前我曾经成功召唤过他。"他说到这里就结束了。

那人摆出解谜者应有的高贵姿态。他挺直腰身,舒展肩膀,昂起头。他让我想起南十九号大厅里的圣职者雕像。

他那番话中蕴含的重大意义突然警醒了我。

"啊!"我大声说,"你从来没说过你知道某个死者的名字!你知道他是谁吗?请告诉我你知道!下次给他供奉食物和饮料的时候,我很想叫出他的名字!"

那个人停下手中的事情,皱起眉头。"什么?"他说。

"死者,"我急着说,"你真的知道他们中某个人的名字的话,请一定告诉我是谁。"

"抱歉,我没听懂。他们是谁?谁的名字?"

"你说那些死去的人中有一个或者几个都曾拥有那些知识,但后来失去了。我想知道是谁。是饼干盒男人吗?是藏起来的人吗?还是壁龛里的人之一?"

那个人茫然地看着我。"饼干盒……你在说什么?哦,等一下。是说你找到的那些骨头吗?不。不不不不不。那些不是……那些不是……唉,老天哪!我不是说了我需要集中精神吗?我不是说了吗?我们可以不说这个了吗?我要准备好仪式。"

我觉得十分惭愧。我打搅了那个人重要的工作。"是的,当然。"我说。

"我没时间回答无关的问题。"他严厉地说。

"抱歉。"

"如果你能保持安静,那就再好不过了。"

"我会的,"我说,"我保证。"

"好。很好。好了。我说到哪里了?"那个人说。他深吸一口气,再次站直,昂起头。他抬起手臂,以响亮的声音呼唤了阿迪·多玛鲁斯数次,用不同的语气说:来吧!来吧!

接下来一片沉默,他慢慢垂下手臂放松下来。"好了,"他说,"仪式真正开始的时候我也许会用到火盆。要燃烧一些香烛。我们到时候看。然后祈祷,接着就提出具体要求。我会念出我想要的能力:长生不死,侵入更弱势的头脑,隐身,等等。重要的是让每种能力形象化,我说过了,我想象自己永生,会读取别人的思维,变得隐形,等等。"

我礼貌地举起手。(我不想再被他批评问无关紧要的问题。)

"请说。"他严厉地说。

"我也要这样做吗?"

"你要愿意,就这样做吧。"

那个人又用同样响亮的声音念了一遍那种知识将赋予他的能力,当他念出"我要飞翔的能力!"时,我想象自己变成鱼鹰在天上飞,和别的鱼鹰一起在潮水上方翱翔。(和那个人说起的能力相比，飞翔才是我最喜欢的。说实话，我其实并不在意其他那些能力。我要隐身干什么？绝大多数时候这里根本没有人，只有鸟能看见我。再说我也不想永生。大宅给鸟类分配了一段时间寿命，给人类分配了一段时间寿命。我很满意了。）

那个人把想要的能力罗列完了。我看得出来，他是在反思刚才演练的那一段，他觉得不满意。他露出生气的模样，盯着远处。"我觉得我应该将所有这些内容处理成某种——某种能量，要充满活力。我寻求的是力量，因此也必须用充满力量的方式说这些话。这么说有道理吗？"

"有道理。"我说。

"但是这里没有充满能量的东西。没有活生生的东西。只有无数枯燥的房间，全都一模一样，个个装满破烂的雕像，被鸟粪覆盖。"他陷入了郁郁的沉默。

多年前我就知道那个人不像我一样尊重这座大宅，可他说出这种话还是吓了我一大跳。像他这样睿智的人为何会说大宅里没有生气？下层大厅里满是海洋生物和植物，有些非常美丽，有些非常奇怪。潮水也充满动感和力量，它们也许不是活的，但绝对充满生机。中层大厅里有鸟类和人类。还有鸟粪（他不喜欢的），那正是生命的迹象！而且他说大厅一模一样也不对。它们的圆柱、壁柱、方形壁龛、半圆形壁龛、山形墙等等的风格都大相径庭，门和窗户的数量也截然不同。每个大厅都有它独特的雕像，每个雕像都是独一无二的；就算有相似的雕像，它们也间隔很远，到目前为止我只见过一次。

但是没必要为这件事跟他争论。我知道争论只会惹得他更生气。

"星星怎么样？"我说，"如果我们在晚上举行仪式，你也许可以将祈祷寄托在星星上。星星是能量的源泉。"

沉默片刻后，他似乎很惊讶地说："的确如此。星星。这是个不错的主意。"他想了想又说："恒星比行星好。它必须很明亮——比周围的星星明亮得多。最好是在这个迷宫里找个地方，一个独特的地点——朝着最明亮的星星举行仪式！"他一时间非常激动。但是很快他又叹了口气，身上所有的力量似乎都随着这叹气流走了。"但是这不可能，是不是？"他又开始说每个大厅都一模一样，只不过他把大厅叫作"屋子"，还冠以意在贬低它们的称呼。

我忽然觉得愤怒，决定不告诉他我所知道的东西。但是片刻后我觉得这是他控制不了的事情，我不该因为这种事去惩罚他。他所见的东西和我不同并不是他的错。

"事实上，"我说，"有一个大厅非常与众不同。"

"是吗？"他说，"你从来没说起过。它哪里与众不同？"

"它只有一扇门，没有窗户。我只去过一次。那里有种奇怪的气氛，我很难描述。它很宏伟，很神秘，同时也很有存在感。"

"你是说像个神庙？"他说。

"是的。像个神庙。"

"你之前怎么没跟我说起呢?"他问道。他又开始生气烦躁了。

"嗯,因为它离这儿很远。我觉得你可能不愿意去……"

他对我的解释毫无兴趣,当场就打断了我的话:"我要看看这个地方。你能带我去吗?有多远?"

"它是西一百九十二号大厅,距离一号门厅有20公里。"我回答,"不算休息时间的话,要行走3.76小时才能到达。"

"啊。"他说。

我知道光是这个就已经非常打击他的积极性了(虽然我并无此意)。他一点也不想探索这个世界。我觉得他顶多只离开一号门厅去过另外四五个大厅,别的就肯定没去过了。

他说:"我想知道从那个屋子的门口能看到哪些星星。你知道吗?"

我想了一下。西一百九十二号大厅是东西走向的吗?还是东南—西北走向?我摇头道:"我不知道。我记不起来了。"

"嗯,你能不能再去一趟看看?"他问道。

"去西一百九十二号大厅?"

"是的。"

我犹豫了。

"有什么问题吗?"他问。

"去西一百九十二号大厅的路要穿过七十八号门厅,那片区域经常被水淹没。现在那里是干的，但是潮水将下层大厅的碎片带上来，周围大厅全是那些东西。有些碎片边缘很锋利，会割伤人的脚。脚流血了可不好，会感染的。你必须非常小心，才能从破损的大理石之间穿过。虽然可行，但是很麻烦，要花很多时间。"

"好，"那个人说，"那里有很多碎片。但我还是不明白问题出在哪里。你之前肯定就从碎片之间走过，当时你没有受伤吧。这次哪里不一样了？"

我脸红起来，眼睛盯着地面。那个人非常整洁，衣着讲究，皮鞋锃亮。我则恰恰相反，谈不上整洁。由于我常在海水中钓鱼，我的衣服褪色腐蚀了。我讨厌让他注意到我们两人之间的反差，但是不管怎么说，既然他问了我就要回答。我说："不一样的地方就是我之前有鞋，现在没有了。"

那个人惊讶地看着我裸露在外的棕色的双脚。"什么时候没有的？"

"一年前吧。我的鞋散架了。"

他笑起来。"你怎么不说呢？"

"我不想麻烦你。我觉得我可以用鱼皮做一双鞋。但是我没时间。这都怪我自己。"

"皮拉内西，实话说吧，"那个人说，"你真是个大傻瓜！如果是因为这种事导致你不能去……那个……你把那个屋子叫作什么来着……"

"西一百九十二号大厅。"我插嘴道。

"对。随便了。如果是因为这件事,我明天就给你拿一双鞋。"

"啊!那可真是……"我刚开口,那个人就抬起了手。

"不必谢我。去查清我需要的信息即可。我只有这个要求。"

"啊,我会的!"我答应了,"我拿到鞋之后就没问题了。只用三个半小时,我就能到达西一百九十二号大厅。顶多四个小时。"

鞋
信天翁来到西南各大厅之年第六个月第十六天的记录

今天早上,在去往西南三号大厅的路上,我经过西南二号大厅。那个人平时常常靠着的那个空底座上放着一个小纸板箱。箱子是深灰色的。盖子上有一幅浅灰色的章鱼图片,还有一些橙色的字迹。上面写的是:"水族箱"。

我打开纸箱。一眼看去,除了白纸似乎什么都没有,但是把纸拿走之后,我找到了一双鞋。是用帆布做成的,蓝绿的色调让我想起南面大厅的潮水。橡胶做的鞋底很厚很白,鞋带也是白色的。我把鞋子拿出来穿上。我的脚仿佛踩在舒适的垫子上,感受到了弹力。

那一整天,我都在奔跑蹦跳,双脚穿上新鞋子实在太愉快了。

"看!"当北一号大厅的乌鸦从高处的雕像上飞下来看我在做什么时,我说,"我有新鞋子了!"

但是乌鸦只是呱呱叫了几声,又飞回去了。

那个人给我的物品清单

信天翁来到西南各大厅之年第六个月第十七天的记录

我把那个人给我的物品列了个清单,这样我就能记得感谢大宅给我送来了如此完美的朋友。

在我命名星座之年,那个人给了我:

1个睡袋

1个枕头

2条毯子

2个合成纤维做成的渔网

1个火把(我一直没用,忘了放在哪里了。)

6盒火柴

2瓶复合维生素

在我清点并命名死者之年,他给了我:

1个奶酪火腿三明治

在东北二十号和二十一号大厅天花板坍塌之年,他给了我:

6个塑料碗(我用来接清水,清水是从天花板的缝隙流出,顺着雕像的脸流下来的。其中有一个碗是蓝色的,两个红的,三个类似云的颜色。类似云的颜色那种比较难处理。因为它们是跟雕像一模一样的灰白色。每次我把它们摆在什么地方接水,转眼它们就和周围环境融为一体,我就找不到了。其中一个去年不见了,我至今也还没找到。)

4双袜子(整整两个冬天我的双脚都温暖舒适,但现在袜子都破洞了。不幸的是那个人还没想到要给我新袜子。)

1根带鱼线的鱼竿

1个橘子

1块圣诞蛋糕

8瓶复合维生素

4盒火柴

在我到达西九百六十号大厅之年,他给了我:

1 块新的手表电池

10 本新笔记本

多种文具,包括 12 张可以绘制星图的大纸、信封、铅笔、1 把尺子和一些橡皮擦

47 支钢笔

更多的复合维生素和火柴

今年(信天翁来到西南各大厅之年)到现在为止,他给了我:

3 个塑料碗(这些碗非常好,颜色鲜明,一眼就能看见。一个是橙色,另外两个则是深浅不同的绿色。)

4 盒火柴

3 瓶复合维生素

1 双新鞋!

那个人太慷慨了,我欠他很多。没有他,冬天我也不可能安稳舒适地躺在睡袋里,也不可能有笔记本记录我的想法。

说到这里,我想到一个问题:为什么大宅给那个人那么多东西,比给我的多得多?给他的东西有睡袋、鞋、塑料碗、奶酪三明治、笔记本、圣诞蛋糕等等,而我大部分时候就只有鱼。我觉得可能是因为那个人不像我一样能够照顾好自己。他不知道如何

捕鱼，也不知道（据我所知）如何收集海草，晾干后储存起来生火或者当零食吃；他不会加工鱼皮，不会把鱼皮做成皮革（用处很广泛）。要是大宅不给他提供那么多必需品，他很可能就会死了。不然（这个更有可能）我就得投入大量时间去照顾他。

没有一个叫阿迪·多玛鲁斯的死者
信天翁来到西南各大厅之年第六个月第十八天的记录

我已经好几个星期没去拜访死者了，于是今天我去了。要在一天之内拜访所有死者还是挺难的，因为他们之间分别间隔了好几公里远。我给他们每一个都带了食物和水，还有从被淹没的大厅里摘来的睡莲。

我在每个壁龛和底座前默念"阿迪·多玛鲁斯"这个名字。我希望他们中有人——名字的主人——能表示出接受这个名字的意思。但是没有任何反应。应该说，我跪在每个壁龛或底座面前时，甚至感觉到了拒绝之意，仿佛那个名字要被一把推开。

旅途
信天翁来到西南各大厅之年第六个月第十九天的记录

今天一整天我都在忙日常那些事：捕鱼、收集海草、给雕像编目录。下午稍晚的时候，我收拾好补给品，出发前往西一百九十二号大厅。

一路上大宅给我展示了很多奇景。

在四十五号门厅，我看到一整座楼梯变成了贻贝的温床。楼梯旁边墙上的雕像中，有一座几乎完全被蓝黑色的贻贝壳盖住了，只剩下半张脸看着外面，还有一条向外伸出的白色胳膊保持原样。我在日记上画了出来。

在西五十二号大厅，我遇到了一面闪耀着金光的墙，雕像似乎都融入了金色的光芒之中。穿过大厅，我进入了一个小前厅，窗户很少，十分阴凉。我看到一个女人的雕像，她拿着一个大浅盘让小熊崽吃食。

去往七十八号门厅的路上满是碎石。起初只是这里一块那里一块，但是等靠近门厅之后，我几乎就是在崎岖危险的尖石路面上行走。门厅里有一层浅浅的水流，在碎石下面流淌。破损的雕像堆在角落里。

我继续走。西八十八号大厅的地面没有碎石了，但我又发现了新问题。一大群银鸥在这个大厅里筑巢，我侵入它们的空间，造成一片混乱。它们愤怒地呱呱叫着，朝我飞来，拍打着翅膀，想要用喙啄我。我挥舞着手臂，大喊大叫着把它们吓跑了。

我来到西一百九十二号大厅，站在单扇门的门口往里看。周围的大厅充满了柔和的蓝色微光，唯独这个大厅一片黑暗——我已经说过了，这里没有窗户——雕像也完全看不见。一股微弱的气流——仿佛冰冷的呼吸——从里面逸出来。

我不习惯这样绝对的黑暗。大宅里有为数不多的几处黑暗的地方；时不时地，你或许会在某个前厅发现一块阴暗的角落，或在荒废大厅里找到某个被废墟挡住光线的角度；但是一般来说，大宅不暗。即使在夜里，星光也会透过窗户照进来。

我之前想过，要做些什么才能回答那个人的问题——从这个大厅的门口能看到哪些星星？——必须明确大厅的方位，然后对照星图查看。但是现在我真的站在这个大厅的门口了，却发现这个想法实在过于乐观了。门大约 4 米宽、11 米高——对一扇门来说这是很大的了，但是和天空相比却小得不值一提。光是站在门口，我根本不知道能看到哪些星星，必须亲自在这里过一夜看看才行。

这个想法实在不怎么吸引人。

我还记得自己爬上楼梯，来到东十九号大厅上面的上层大厅，结果发现那里满是浮云。我记得那个大厅里满是巨大的雕像，一个个都做出痛苦挣扎的姿势，因痛苦或愤怒而尖叫的样子把他们的脸都扭曲了。

假如（我心想）这一切再次发生了呢？假如我进入黑暗的西一百九十二号大厅，躺下睡觉，然后再满怀恐惧地醒来，又怎么办呢？

我对自己感到生气，对自己的怯弱十分反感。想都不能这样想！我花了四个小时走到这个大厅来，就是为了怕得不敢走进去吗？太滑稽了！我对自己说，之前在上层大厅体会到的恐惧不会再出现在任何地方。毕竟我之前就进入过西一百九十二号大厅。如果雕像动作特别激烈或者吓人，我肯定会记得。再说了，我对那个人负有责任。他需要知道从大厅的门口能看到哪些星星。

但是那黑暗依然让我不安。我一时间没有进去，就坐在外面吃东西喝水，写今天的日记。

西一百九十二号大厅
信天翁来到西南各大厅之年第六个月第二十天的记录

写完上一篇日记之后，我进入了西一百九十二号大厅。黑暗和寒冷包围了我。走进去一小段（我估计有20米左右），我转身看着那个单扇门，门和走廊上的一扇窗户排成一线。我坐下来，用毯子裹住自己。

一开始我能强烈地感觉到黑暗就在我背后，还有未知的雕像在注视着我。大厅里十分寂静。我经常睡觉的那个大厅——北三号大厅——夜里总是有鸟儿聚集，它们在落脚处拥挤扑翅，我能听见那些细微的声响，但是到目前为止，我觉得在西一百九十二号大厅里是没有鸟的。显然它们也像我一样觉得这里令人不安。

我集中精神只关注着自己熟悉的那件事：下层大厅里传来的

海的声音，水冲刷着数千个房间的墙壁的声音。是这个声音日日夜夜在陪伴着我。我每天夜里都听着这个声音入睡，睡得像小孩子一样安稳，如同睡在母亲胸前听她的心跳一样有安全感。此刻一定也是这样的，因为接下来我只记得自己突然从睡梦中惊醒过来。

满月挂在那单扇门的正中间，大厅里充满光亮。大厅里的雕像似乎都是一副刚刚转头面向门口的样子，他们的大理石眼睛都望着月亮。他们跟其他大厅里的雕像不一样，他们不是一个个独立的，而是作为群像存在的。这里有两个张开双臂，互相拥抱；那里有一个伸手扶着前面雕像的肩膀，只为了更好地让身体前倾，观看月亮；还有小孩子牵着父亲的手。甚至还有一只狗——狗对月亮没兴趣——它后腿站立，前爪扶在主人胸口，乞求关注。后面的一堵墙满是雕像——不是一层层整齐排列的，而是乱七八糟胡乱挤在一起。其中最显眼的是一个年轻人，他沐浴在月光中，满脸得意的神情，手里则拿着一面旗子。

我几乎忘了呼吸。那一瞬间，我忽然模模糊糊地意识到，如果这个世界不止有两个人而是数千人的话会怎么样。

西八十八号大厅

信天翁来到西南各大厅之年第六个月第二十天的第二篇记录

满月西沉，大厅里的光都消失了，通过门对面的窗户，可以看到星座变得越发明亮。我把自己看得到的星星和星座都记录下来。黎明时分，我睡了几个小时，然后往回走。

我边走边想着那"伟大而隐秘的知识"，那个人说它能带给我们全新的神奇能力。我忽然意识到了一些事情。我意识到自己不再相信这个事情了。可能这么说也不太准确。我觉得那种知识可能是存在的，但也可能不存在。我不想浪费自己的时间再去深究它了。

意识到这点——意识到那种知识不重要——对我来说似乎是某种启示。我的意思是，早在我理解到达那里的原因或路径之前，我就知道它是真的。当我试图回溯那些路径的时候，总是忍不住想起西一百九十二号大厅里沐浴着月光的模样，我想起它的美丽，那深沉的宁静，还有那些雕像转向（或者说貌似如此）月亮时脸上那虔诚的表情。我意识到，对那种知识的探求让我们将这座大宅想象成了某种需要解读的谜题，一段需要理解的文字，如果我们发现了那种知识，那就好比是把大宅的价值扭曲了，剩下的部分只是寻常的布景而已。

西一百九十二号大厅沐浴着月光的场景让我明白了此事有多荒谬。大宅的价值在于它是大宅。有它这座大宅就已经足够。这个意义是无穷无尽的。

这个想法又引出另一个想法。那个人描述那种知识能赋予我们各种能力，但我听了总觉得紧张。比如，他说我们将有能力控制更弱势的头脑。可是，这个地方根本就没有更弱势的头脑，只有他和我，我们都是敏锐鲜活的智慧生物。但是假设就算有更弱势的头脑存在，我为什么要控制它呢？

放弃对那种知识的探求，我们也就不必再追求一种新的知识。我们就能追随现有数据提供给我们的任意一条道路了。想到这里，我感到激动而快乐。我很想回去找那个人，将这一切告诉他。

我穿过各个大厅，思考着这些事情，忽然听见沙哑的鸟鸣，这让我想起西八十八号大厅里无数的银鸥。我想着要不要换一条路走，但是粗略估计走别的路要多走过七八个大厅（1.7公里），我决定还是按原路走吧。

走到大厅中间的时候，我发现地上散落着好多白色的东西。我捡起来。那是些被撕碎的纸片，上面还写着东西。它们被揉得皱巴巴的，我便把它们展平，试着拼在一起。有两片——不，三片——完美地拼合起来，成了一张小纸片，其中一边呈锯齿状。似乎是从某个笔记本上撕下来的。

即便拼好了，上面的内容也很难懂。字迹很潦草——仿佛纠结的海草。看了几分钟之后，我觉得自己认出了"牛头怪"这个词。在这个词上面隔了一两行的地方，我看到了"奴隶"这个词，下面隔了一两行的地方写着"杀了他"。别的部分全都看不明白。但是"牛头怪"这个词吸引了我。一号门厅里有八座巨大的牛头怪雕像，每座都各有特点。也许写这张纸条的人去过我到过的那些大厅？

我在想到底是谁写的。不是那个人的笔迹。我确定，他从来没有去过西八十八号大厅那么远的地方，而且我也知道他的字迹工整、一丝不苟。那就是某个死者写的了。是鱼皮人吗？还是饼干盒男人？藏起来的人？说不定这是个历史性的重大发现。

我知道自己要找些什么了，在地上又发现了更多的白色纸片。我去把它们都捡起来。从西南角开始，我仔仔细细地把整个大厅找了个遍，把所有的碎片都捡完了。起初银鸥发出粗嘎的叫声妨碍我做事，但后来它们发现我并不是要捡蛋，也不是要抓幼鸟，就不理我了。我找到了四十七片纸屑，但是当我跪下来想把它们拼起来时，才发现显然还有更多纸屑没找到。

我看了看周围。银鸥的巢穴有筑在雕像的肩膀上的，也有挤在底座上的；有一个卡在大象雕像的腿之间，还有一个在老国王的王冠上保持着平衡。我朝王冠上的鸟巢望去，看到了两块白色的碎片。我蹑手蹑脚地走过去，爬上旁边那座雕像，打算凑近去看。立刻有两只银鸥来攻击我，它们愤怒地尖叫，用翅膀和喙袭击我。但我下定了决心。我用一只手抓住雕像奋力往上爬，另一只手则用来驱赶银鸥。

那个鸟巢很松散，用干海草和鱼骨乱七八糟地拼起来，其中混杂着五六片写了字的纸片。我爬下来，回到大厅中间，远离墙壁、鸟巢和暴躁的银鸥。

我考虑自己该做些什么。现在不可能再去找那些遗失的纸片了。银鸥绝对不会让我去拆了它们的巢穴——而且我也不想。我必须等到夏末——或者早秋,那会更好——那时候幼鸟都长大了,银鸥会离开它们的巢穴。到时候我再来拿那些纸片。

我小心翼翼地把四十七片纸屑放进包里,然后继续往回走。

那个人表示他之前就说过这一切
信天翁来到西南各大厅之年第六个月第二十二天的记录

今天早上,我带着星图去了西南二号大厅。

我看到那个人背靠着空底座,盘着脚,胳膊肘放在底座上。他看上去很放松,穿着干净的深海军蓝西装和雪白的衬衣。他友好地朝我笑了笑。"鞋子还合适吗?"他问。

"非常合适!"我说,"好极了!谢谢你!但是对我来说,更重要的是这双鞋证明了我们的友谊!我觉得有你这样的朋友是我这辈子最大的幸福!"

"我尽力而为。"那个人说,"跟我说说,你既然有鞋子了,调查进行得怎样了?"

"我已经去了西一百九十二号大厅!"

"好。从那里可以看到哪些星星?你做记录了吗?"

"我做了记录,"我说,"不过我没带,因为该告诉你的事情我全都记得。"

然后我跟他说了西一百九十二号大厅里见到的情景。"那些雕像是其中最令人印象深刻的。我的意思是,比单扇门和没有窗户更震撼人心。月光特别照着其中一座雕像——那是一个年轻人。在我看来他表现出了一种美德——"

"这些就不用说了。你明知道我对雕像没兴趣。跟我说说星星,"那个人说,"你看到了哪些?"

"我这就告诉你。"我打开一张星图,放在空底座上。他站在我旁边。我说:"我看到了玫瑰座、良母座、灯柱座。黎明时分还能看到鞋匠座和铁蛇座。"(这些都是我给星座起的名字。)

那个人仔细看着星图。然后他拿起那台闪亮的仪器记录下一些内容。

"这些星星中有没有特别明亮的?"他问。

"有。这颗星星。它是良母座的一部分,位于她伸展的手臂末端。是天上最明亮的一颗星。"

"很好,"那个人说,"最明亮的星星象征最伟大的知识。好,你也调查完了,我做了一个决定。我决定我要去那个房间里完成仪式。显然这就要深入迷宫,比我之前走得都远,所以有一些风险……"他停顿了片刻,看上去很坚定,仿佛下定了决心,"……但是权衡风险和回报——嗯,潜在的回报是巨大的。你带回来的这些信息价值巨大,我现在需要你再回去一趟,确定在一年的不同时期可以分别看到哪些星座。"

现在该我解释一下我自己对于那种"伟大而隐秘的知识"的理解了。

"关于这点,"我说,"我也有些话要说。我得到了一些启示,很有必要和你分享,它们一定能深深地影响你未来的研究。我们必须停止对那种知识的探索!当我们开始相信它值得我们努力,值得我们全部的关注的时候,它就不再是那个样子了。我们必须马上放弃它,并且建立起一套新的科学研究流程来代替它!"

那个人没注意听。他在自己闪亮的仪器上做记录。"嗯?什么?"他说。

"我在说我们研究那种知识的事情。"我回答,"大宅让我明白,我们必须放弃它。"

那个人暂停了记录。他认真想了一下我刚才说的话,然后把那台仪器放在空底座上,双手捂住脸,发出呻吟似的声响,同时还揉着眼睛。"啊,天哪!又来了。"他说。

他放下手,转身看着远处。"什么都别说,"他说(我本来就什么都没说),"我得想想。"

沉默了很长一段时间之后,他似乎有了结论。"坐下。"他说。

我们一同坐在大厅的地面上。我盘腿坐着,他则屈膝背靠着空底座。

他脸上闪耀着某种阴暗的神情。他似乎很不愿意直视我。从种种迹象看来，我明白他是生气了，但是正努力不表现出来。

他咳嗽了一声。"好吧，"他的声音很克制，"有三个原因——三个——说明我们为什么不能停止探究那种知识。我这就跟你讲一遍，最终你一定会明白我是对的。我只需要你听我说。你能做到，对不对？"

"当然能。"我说，"跟我说说那三个原因。"

"好的。第一个原因是这样的。在你看来，我的做法可能很自私——想为了我自己而得到那种知识。但是事实并非如此。我们两个进行的这项研究，是一个尤为伟大的项目，其意义非同寻常。它是人类历史上最重要的项目之一。我们所追求的知识并不是什么全新的东西。它很古老。非常古老。人类曾经拥有过它，并且用它做了很多伟大的事情，创造了很多奇迹。他们本该牢牢掌握那知识才对。他们应该尊敬它。但是他们没有。他们因为某种被称为'进步'的东西放弃了它。现在该由我们把它找回来。我们不是为了自己，我们是为了人类。取回某种人类因为愚蠢而丢失的东西。"

"我明白了。"我说。（这番话确实让事情稍微起了些变化。）

"就我个人而言，"那个人继续说，"我认为这番探索也是非常重要的，绝对至关重要，因此不管怎样，我必须继续下去。我别无选择。所以如果你决定不再寻找那种知识——那样的话，我们两个就不再是同伴了。星期二和星期五也不必再见面了。见面了又有什么意义呢？我会自己继续研究，你就去……"他含糊地比画了一下，"……随便干什么。我当然不希望这样，我话已经说得再清楚不过了，事情必须要这么做。这就是第二个原因。"

"啊！"我说。从没想过他和我会不再是同伴。"但是和你一起工作是我人生中最快乐的事情！"

"我知道，"那个人说，"我当然也是这样认为的。"他停了一下，"现在我要告诉你第三个原因。但是在此之前，我希望你听我说另外一件事。"他严肃地盯着我的脸，仿佛在探究什么似的，"我要说的这件事非常重要。皮拉内西，这不是你第一次告诉我你想停止寻找那种知识，我也不是第一次跟你解释为什么我们不该停手。我们刚才所说的一切，之前都已经说过了。"

"我……什么？"我说着，惊讶地朝他眨了眨眼睛，"什么？……不。不。不对。"

"但事实如此。你看，这座迷宫会迷惑人的思想。它让你忘记很多事情。如果你不小心，它就会改变你的整个人格。"

我呆呆地站着。"我们之前说过多少次？"我最后开口问道。

他想了一会儿。"这是第三次了。这是有规律的。基本上每过十八个月你就会想到不再寻求知识。"他看着我的脸说，"我知道。我知道。"他不无同情地说，"这很难接受。"

"我不明白，"我表示反对，"我记忆很好。我记得我去过的每一个大厅。一共有七千六百七十八个大厅。"

"你不会忘记任何有关迷宫的事情。所以你对我的工作帮助很大。但是你真的忘了很多事情。而且,你搞错了时间。"

"什么?"我惊讶地说。

"时间。你总是搞错时间。"

"什么意思?"

"你知道的。你总是把日期和星期搞错。"

"我没有。"我气愤地说。

"你真的搞错了。要承认这点很困难。我的日程排得很满。我有时候来见你,你却根本没出现,因为你搞错日子了。每次你对时间的认知不同步了,我就必须帮你纠正,很多次了。"

"和什么不同步?"

"和我不同步。和所有人不同步。"

我很惊讶。我不相信他。我不知道该怎么看待此事。但是在各种疑惑中,有一件事是清晰的,有一件事是我能相信的:那个人诚实、高贵而勤奋。他不会撒谎。"可是,为什么你不会忘?"我问。

那个人犹豫了片刻。"我有防范措施。"他小心地答道。

"我能采用同样的方法吗?"

"不。不。你不能。抱歉。我说不出具体原因。这很复杂。改天我再和你解释。"

这个说法不能让我满意,但是我也没心思没精神深究了。我忙着想自己到底会忘记一些什么事情。

"在我看来，这真的很令人担忧。"我说，"如果我忘了什么重要的事情怎么办？忘了潮水的时间和规律怎么办？我会淹死的。"

"不不不，"那个人安慰道，"这个你不用担心。你不会忘记这种事情的。要是你有危险，我就绝对不会让你到处走动。我们认识挺长时间了，在这段时间内，你对于迷宫的了解越来越多。这真是很不一般。至于其他内容，你忘记的我都能提醒你。但事实就是你忘了，我还记得——这就是为什么我还制定目标。是我。不是你。这是我们必须坚持寻找知识的第三个原因。你明白了吗？"

"好吧。是的。至少……"我沉默片刻。"我需要一些时间思考。"我说。

"当然，当然。"那个人说着，安慰地拍了拍我的肩膀，"我们星期二再讨论。"

他站起来，朝那个空底座走去，检查了放在那里的闪亮的小仪器。"不管怎么说，"他说，"我该走了。我都花了快五十五分钟了。"他什么都没说，转身朝一号门厅走过去了。

那个人说我的记忆中有空缺，但这个世界并不支持他的说法
信天翁来到西南各大厅之年第六个月第二十三天的记录

那个人说我的记忆中有空缺，但这个世界（我认为至少到目前为止）并不支持他的说法。

他给我解释的时候——也包括之后的一段时间——我都不知道该怎么看待此事。有好几次我都有种类似恐慌的感觉。我真的可能忘记整段谈话吗？

这一天逐渐过去，我也找不到任何记忆缺失的证据来证明那个人的说法。我忙着完成日常的工作。我修好了一张渔网，继续给雕像编目录。傍晚，我去了八号门厅，站在楼梯下方的水里捕鱼。落日的余晖透过窗户照进下层大厅，抚着水面的波浪，将涟漪般的金光洒在楼梯上面的天花板上，洒在雕像的脸上。夜幕降临时，我听见了月亮和星星的歌声，我也和它们一起歌唱。

世界仿佛完整又圆满，而我，世界的孩子，严丝合缝地沉浸在这个世界中。我们之间没有丝毫裂隙，没有任何我该记住而没记住的事情，没有任何我该明白而不明白的事情。在我的存在之中，唯一能感觉到一些不完整的部分就是最后和那个人的奇怪对话。我必须问我自己：是谁的记忆有错？我的还是他的？会不会是他记得几次从未发生过的对话？

两次记忆。两次鲜明的记忆，和我对过去的记忆截然不同。这真是尴尬。这里没有第三个人来判断我们两个谁对谁错。（要是第十六个人在这儿就好了！）

至于那个人说我记错时间，搞错日期，我觉得很难想象。我用的是我自己发明的日历，怎么会像他说的那样"不同步"呢？

根本就没有可以用来同步的东西。

我在想,这是不是跟三个半星期前他问我的那个怪问题有关?就是包含那个怪词的问题。我翻了一下日记,那个怪词是"巴特-西"。

这时候,就在一瞬间,解决办法自己冒了出来!我只需读一遍我的日记就能发现其中有没有矛盾的地方,有没有我不记得的记录。对!这确实是个好办法。事实上,这个办法唯一的缺点就是要花费大量时间——我的日记很长——我不能丢下别的事情光看日记。

我决定下个月抽时间读日记,同时我坚持认为记忆出问题的是那个人,而不是我。

我写了一封信
信天翁来到西南各大厅之年第六个月第二十四天的记录

我用粉笔在西南二号大厅的地板上写了一封信,内容如下:

亲爱的那个人:
虽然我不再认为追求"伟大而隐秘的知识"是一项正当的科学工作,但我认为还是应该继续帮助你,继续按你的要求收集信息。我认为不能因为我对那项假说失去信心就让你的科学工作受阻。我希望你能接受这个提议。

你的朋友

那个人提醒我要提防 16
信天翁来到西南各大厅之年第六个月第二十六天的记录

今天早上,我去西南二号大厅和那个人见面。坦白说,我对此次见面有点紧张。有时候我一紧张就会话多,于是我立刻发表了一通长篇大论,解释我为什么会用粉笔在地上写那封信,其实这是毫无必要的。

其实完全没关系。说到一半,我意识到那个人根本没在听。他一直低着头,心不在焉地摆弄着兜里一个金属小物件。今天他穿着一件深炭灰色西装和一件黑色衬衣。

"你从没在这个迷宫里见过别人,对吧?"他忽然说。

"别人?"我说。

"是的。"

"是新来的吗?"我问。

"是的。"他说。

"没有。"我回答。

他仔细看着我的脸,似乎是在怀疑我没说实话。随后他放松下来,说:"确实,确实。怎么可能呢?这里只有我们两个。"

"对啊,"我说,"只有我们两个。"

一阵短暂的沉默。

"除非,"我说,"在大宅的其他地方还有别人。在你和我都没见过的遥远的地方。我经常这样想。这个猜测无论如何也无法验证——除非哪天我看到人类活动的痕迹,以及各种不可能由死者留下的标记。"

"嗯。"他说着,又陷入了沉思。

又是一阵沉默。

我忽然想到,也许我已经发现了那样的痕迹。我在西八十八号大厅发现的那些写了字的纸片!它们可能属于那些死者,也可能属于目前为止我们都不知道的什么人。我正要跟那个人说纸片的事情,他又说话了。

"听着,"他说,"我需要你答应我一些事情。"

"好的。"我说。

"如果你在迷宫里遇到别人——你不认识的人——你千万不要跟他们说话,这点你必须向我保证。而且你必须藏起来。避开他们。不要让他们看到你。"

"哦,但是我藏起来的话可就错过大好机会了啊!"我说,"第十六个人肯定知道一切我们不懂的知识。他会告诉我们世界的远方有什么东西。"

那个人一副茫然的样子。"什么?你在说什么?第十六个人?"

我解释说现在有十三个死者和两个活人，再来一个就是第十六个人了。（我解释过很多次了。那个人就是记不住不重要的消息。）

"我承认'第十六个人'确实是个很啰唆的说法。"我说，"如果你喜欢，我们可以简称为'16'。我的意思是，16可能知道一些我们所不知道的关于这个世界的消息，所以……"

"不不不不不，"那个人说，"你不懂。我们必须要尽可能远离这样的人。"他停顿一下又说，"皮拉内西，你看，我见过这样的人。被你叫作'16'的人。"

"什么？不！"我大声说，"这么说，这个世界上真的有第十六个人？你为什么从来没有告诉过我？这太好了！简直值得庆祝！"

"不，"他悲伤地摇摇头，"不，皮拉内西。我知道这对你来说意义重大，很抱歉我不得不打破你的幻想。这不值得庆祝。事实正相反。这个人——16——对我来说有害。16是我的敌人。以此类推，也是你的敌人。"

"啊！"我说不出话了。

真是个可怕的消息。我当然明白敌人是什么意思。这里有很多互相打斗的雕像。但我之前从未体验过。我忽然冒出一个念头——西八十八号大厅的纸片上有"杀了他"这句话。写那句话的人有个敌人。

"有没有可能是你搞错了？"我问，"也许都是误会了。

16来的时候，我可以和他谈谈，对他说你是个好人，有很多令人敬佩的品质。我可以向他说明，他对你的敌意完全是没有根据的。"

那个人微笑着说："确实是你会说的话，皮拉内西，总是想找出有利的一面。不幸的是，这次不行。所以我才不想跟你说16的事情。你以为能够以理性说服16。但不幸的是，这样行不通。16反对我们的一切，你和我觉得珍贵的一切他都反对，也包括理性。理性是16想要破坏的东西。"

"真可怕！"我说。

"是啊。"

我们再度陷入沉默。似乎也没什么好说的了。他描述的16的可怕之处令我震惊。居然会反对理性！

片刻后，那个人又说："不过也许是我平白无故地紧张过度了。说真的，16来过这里的可能性非常小。"

"为什么说可能性非常小？"我问。

"16不知道路啊。"那个人朝我微笑道，"别把这事放在心上。"

"我尽量。"我忽然想起另一件事，便说，"你是什么时候遇到16的？"

"嗯？哦，是前天。"

"这么说你去过16居住的遥远的地方了？你之前从没提到过。跟我说说吧！"

"你在说什么呢？"

"你说你遇到过 16，但你又说 16 不知道到这里的路，那么你一定是在他的大厅遇到他了，或者至少是在某个很远的地方遇到的。我真的很惊讶，因为自从我认识你以来，一直都觉得你不可能进行长途旅行。"

我朝那个人微笑着，等他回答。我坚信答案一定很有趣。

他看上去不知所措，而且还有些害怕。

一段长长的沉默。

"其实……"他开口了，但好像突然又改变了注意，不想说了，"其实我们见面的事情不重要。我没时间跟你细说。我需要……我今天还有事。我只是提醒你一下。你知道的，要提防 16。"然后他迅速地朝我点点头，拿起他闪亮的仪器，朝一号门厅走去。

"再见！"我朝他的背影大喊，"再见！"

我更新了关于 16 的信息
信天翁来到西南各大厅之年第六个月第二十七天的记录

我对那个人和 16 见面一事很感兴趣，他不肯说真是莫大的遗憾。我很想知道见面的地点和当时的情景。但是我认为那个人可能不喜欢说起跟坏人见面的情景。

六个星期前我写在日记里的内容（详见"目前活过的所有人物的列表以及已知的有关他们的信息"）有了更新，因此今天早上我在那天的日记上加上一条笔记提醒读者看这一页。

第十六个人

第十六个人住在大宅里某个遥远的区域，可能在北边，也可能在南边。我从未见过他，但是那个人说他是个非常邪恶的人，反对理性、科学和快乐。那个人认为16可能想来这边破坏我们平静的生活，他提醒我说，如果我在大厅里遇到16，应该赶紧躲起来。

一号门厅
信天翁来到西南各大厅之年第七个月第一天的记录

今天我决定去一下一号门厅。其实我很少去那里，奇怪吧。我说"奇怪"是因为数年前我建立起各个大厅的计数系统时，我选择了那个厅作为起点，所有东西都是从那里开始计算的。我了解我自己，如果那里和起始点没有紧密联系的话，我是不会把它当作一号的，但是我却不记得究竟有什么联系了。（莫非那个人是对的？我忘记了一些事情？这个念头令人不快，我迅速把它压了下去。）

一号门厅是个令人印象深刻的地方，它比别的门厅都大，而且更加阴暗。其中有八座巨大的牛头怪雕像，每一座都有差不多9米高。它们高悬在地面上空，巨大的身躯遮蔽了这个门厅；它们的长角刺向空中，那动物的表情严肃而神秘。

一号门厅的温度也和周围大厅不一样。这里要低好几度，有一股气流吹过，带来雨水、金属和汽油的味道。我之前早就注意到了，但是不知道为什么去过之后总是会忘记。我集中注意力闻着那个味道。既不难闻也不好闻，不过非常有趣。我循着气味而去。沿着门厅南边的墙走过去，我看到了镇守在东南角两侧的两个牛头怪。在这里我注意到一些事情。两座雕像之间的阴影造成了某种视觉上的幻觉。我几乎可以想象它们慢慢后退的样子，但其实那只是我自己沿着走廊前行而已，前面某处有一片模糊的亮光。那片亮光中包含着一些闪耀移动的光芒。一号门厅的气流和气味似乎就是从那片亮光中传来的。我能听见微弱的声音——那是某种震动和冲动的声音，有点像海浪但不那么规律。

忽然间我听见脚步声，接着有响亮气愤的说话声："……我被雇来不是干这个的，我跟他说了：'你是在开玩笑吧。你这是在逗我玩呢，伙计。'"

另一个声音听起来郁郁不乐："人都挺无耻的。我是说他们脑子里想的东西……"脚步声渐渐消失了。

我像是被针扎了一样，赶紧退回东南角。

刚才是怎么回事？我小心翼翼地靠近雕像，从它们中间往外看。阴影变得无足轻重。我几乎能看清楚阴影勾画出走廊的形状，但其他就看不见了。冰冷的空气环绕着我的膝盖，我能闻到雨水、金属和汽油的味道，但是光线和声音都消失了。

我站在那里思考刚才的事，四个破旧的薯片包装袋一个接一个地被吹到地板那头。我懊恼地叹气，我以为自己已经处理完这个问题了呢。之前我老是在一号门厅里看见四处散落的薯片包装袋。我还看到过破旧的炸鱼条包装袋和香肠卷的包装。我把这些东西收集起来烧了，这样它们就不会破坏大宅的美。（我不知道是谁在这里吃薯片、炸鱼条和香肠卷，但我真心希望他或她是个爱整洁的人！）我还在楼梯的大理石台阶下面找到了一个睡袋。那个睡袋脏得不行，不过我彻底洗干净之后它真的非常好用。

我追上那四个薯片包装袋，把它们捡起来。最后一个其实不是装薯片的袋子，而是一张被揉皱的纸。我把纸展开。纸上写着如下内容：

> 我只是要求你说明那座雕像的方位——你跟我说起过那座雕像，那是一只老狐狸在教导几只年轻的松鼠和其他动物。我想亲眼看看。这项工作不难，你完全能够胜任。把雕像方位写在下面的空白处。我在你的午餐旁边放了一支圆珠笔。
>
> 趁热吃吧——吃午餐，不是吃圆珠笔。
>
> 劳伦斯
>
> 又及：不要忘了吃复合维生素。

这段话下方确实有很大一片空白，收到消息的人可以写很多，不过上面一个字都还没写，我猜想他或她没有提供写信人想要的消息。

我想留下那张纸。这是有两个人活着的证据：首先是一个名叫劳伦斯的人，其次是劳伦斯写信的对象，劳伦斯给此人提供了午餐和复合维生素。但是他们是什么人呢？我想了一下，很快认定这两个都不是16。那个人说16不知道这里的路，然而很显然劳伦斯和他的朋友一度很熟悉大厅。他们可能是那些死者中的两个。但是还有另一种可能性：他们是住在遥远大厅的人。如果劳伦斯还活着，还在等待有关雕像的消息，那么我就不该拿走这张纸。

我掏出自己的钢笔，在空白处写道：

亲爱的劳伦斯：

雄狐教导两只松鼠和两个半羊人的雕像位于西四号大厅。从这里出发穿过西门，到下一个大厅穿过右手第三扇门，这样你就到了西北一号大厅。沿着南面（左手边）的墙走，再次穿过你遇到的第三扇门，你将来到一条走廊上，走廊尽头是西四号大厅。那座雕像就在大厅的西北角。这也是我最喜欢的一座雕像！

1. 如果你还活着，那我希望你能找到这封信，并希望我写的内容能帮到你。也许有一天我们能见面。你可以在北边、西边或南边各个大厅遇到我。东边的大厅都荒废了。

2. 如果你是我发现的死者之一（如果你的灵魂穿过这座门厅读到了这张纸），那我希望你知道，我经常去你所在的壁龛或底座和你说话，给你带去食物和饮料作为供奉。

3. 如果你已经死了——但不是我发现的死者之一——那请你知道，我在这个世界里四处旅行。如果我找到了你的遗骸，我也会给你带去食物和饮料作为供奉。如果我认为再也没有活人关心你了，我会把你的遗骨收集起来，带回我住的大厅。我会把你按照顺序放好，让你和我的那些死者待在一起，这样你就不会孤独了。

愿这座美丽的大宅庇护你我。

你的朋友

我把那张纸放在其中一个牛头怪的脚下——离门厅东南角最近的那个——并用小石子压住。

第三部分

预言家

预言家

信天翁来到西南各大厅之年第七个月第二十天的记录

巨大的光束从东北一号大厅的窗户照射进来，在其中一束光柱中有个人背对我站着。他一动也不动。他在凝视满墙的雕像。

不是那个人。他没有那么高，而且更瘦。

16！

我见到他纯属偶然。我刚从西面的一扇门进来就看到他了。

他转身看着我，没有动，也没有说话。

我没有逃，反而朝他走去。（也许我这样做是错的，但现在已经来不及躲藏了，来不及兑现答应过那个人的事情了。）

我慢慢地走到他旁边，打量着他。他是个老人，皮肤又干又皱，手上青筋暴起，都很粗。他眼睛很大，黑亮清澈，眼皮明显耷拉着，眉毛弯成了拱形。他的嘴很宽，也很灵活。他穿着一件大方格花纹西装。他肯定不是最近才瘦下来的，因为这虽是一件旧西装，但却非常合身——这么说吧，这衣服皱巴巴、松垮垮的，是因为纤维都老化了，而不是由于裁剪不当。

我觉得有些微妙的失望，我曾想象16和我一样是个年轻人。

"你好。"我说。我很好奇他的声音会是什么样的。

"下午好，"他说，"如果现在是下午的话。其实我不知道。"他有种傲慢老派的态度，说话不紧不慢。

"你是16，"我说，"你就是第十六个人。"

"年轻人，我不懂你在说什么。"他说。

"这个世界里有两个活人、十三个死人，现在又多了个你。"我解释道。

"十三个死人？多么神奇！从来没有人告诉我这里还有人类遗骸。他们是谁呢？"

我描述了饼干盒男人、鱼皮人、藏起来的人、壁龛里的人，还有被折叠的小孩。

"你知道吗，这真是太不同寻常了，"他说，"但是我记得那个饼干盒。以前它放在桌子上，就在我大学书房的角落里，紧挨着马克杯。它是怎么到那里去的呢？嗯，我这么跟你说吧，你的那十三个死者中有一个肯定是个富有魅力的年轻的意大利人，斯坦·奥文登很喜欢他。他叫什么名字来着？"他看向旁边，思考了一会儿，耸耸肩说，"想不起来了。我估计其中还有一个是奥文登本人。他经常来这里看那个意大利人。我跟他说他这是在自找麻烦，但他不听。负罪感之类的吧，你知道。如果说其中还有一个是西尔维亚·达戈斯蒂诺，我也不会觉得奇怪。自从 90 年代之后我就再也没有听说过她了。至于我嘛，年轻人，我理解你为什么要称我为'16'。但我不是。这点就很有趣……"他看了看周围，"……我不打算久留。我只是路过。有人告诉我你在这里。不对，"他纠正自己的话，"这么说不对。有人猜想你遭遇了什么，并且告诉了我，我认为你应该在这里。这人给我看了一张你的照片，显然你长得还挺不错，所以我想我应该来看看你。很高兴我来了。在……嗯，在一切发生之前，你肯定是很值得一看的。啊，唉！我真是老了。你也是。看看我们两个！言归正传，你说有两个人活着。我猜另一个就是凯特利？"

"凯特利？"

"瓦尔·凯特利。比你高。黑头发黑眼睛。有胡子。深色皮肤。他母亲是西班牙人，你知道吧。"

"你是指那个人？"我说。

"那个人？"

"那个人。除我以外的那个人。"

"哈！对！我明白你的意思了。多么完美的称呼！那个人。不管情况如何变化，他永远是另外'那个人'。总有人比他优先。他永远是二号人物。他心知肚明。这让他寝食难安。他是我的一个学生，你知道吧。没错。当然是个大骗子。虽然他举手投足充满风度，眼神深邃而富有穿透力，但是他脑子里没有丝毫他自己的想法。他的一切思想都是二手的。"他停顿片刻，又补充道，"其实他的一切思想都是我的。我是我那个时代最伟大的学者。也许在任何时代都是最伟大的。我提出了这一切的理论……"他伸手比画了一下，示意整个大厅、大宅，以及一切，"……这一切的存在。我是对的。我还提出应该有一条路通往这里。的确有这条路。我到这里来过，也派其他人来过。这些事我都严格保密。我也让其他人发誓保密。我从来不介意你们所谓的道德，但是我的底线是不能让文明崩溃。也许这是错的。我也不知道。我确实是有些多愁善感。"

他用那只眼皮耷拉着的明亮眼睛不怀好意地盯着我。

"最终我们都付出了惨重的代价。我的代价是被囚禁。啊，是的。你很惊讶吧，我觉得。我希望我能说这都是误会，但是他们谣传的那些事情我都做过。诚实地说，我还做过很多他们从来不知道的事情。虽然——你知道吗？——我喜欢监狱。你能遇到很多有趣的人。"他停了一会儿，问道，"凯特利有没有跟你说过这个世界是如何造出来的？"

"没有，先生。"

"你想知道吗？"

"很想知道，先生。"我说。

见我如此感兴趣，他很满意。"那我就告诉你。那是我年轻时候的事情。我比自己的同龄人要聪明得多。我的首个重大发现是我意识到人类失去了很多。过去无论男女都可以变成鹰进行远距离飞行。他们与河流和山脉交流，并从中获得智慧。他们内心能感觉到群星的运动。我的同辈人都不能理解。他们都沉迷于进步这个念头，坚信不管什么东西，新的一定比旧的好。仿佛时间流逝自带增添优点的功能一样！但是在我看来，古人的智慧并没有凭空消失。任何东西都不会凭空消失。那是不可能的。我把那种智慧想象成飘浮在世界之中的某种能量，我认为这种能量还在某处。这时候我意识到肯定还存在着别的一些地方，别的一些世界。于是我就去寻找这些地方。"

"你找到了吗，先生？"我问。

"是的，找到了。我找到了这个地方。我把这里称为分支世界——是由从其他世界流出的思想创造出来的。必须先有其他世界存在，这个世界才能存在。我不知道现在这个世界是否依然依赖先于它存在的世界而存在。这些都能在我写的那本书里找到。我猜你应该没读过吧？"

"没有，先生。"

"真可惜。那书非常好。你会喜欢的。"

老人一直在说话。我非常认真地听着，想搞清楚他是谁。他不是16，但是我也不傻，没有证据我不会相信他。那个人说16很邪恶，所以16可能撒谎隐瞒自己的身份。但是这个老人说得越多，我就越相信他说的是实话。他不是16。我是这样推论的：那个人描述过16，他说16反对一切理性和科学发现；而眼前这位老人不是这样的。他和我们一样对科学充满热情。他知道世界是如何构成的，而且很想将相关知识传授给我。

"跟我说说，"他说，"凯特利是不是依然坚信古代智慧在这里？"

"你是指'伟大而隐秘的知识'吗，先生？"

"没错。"

"是的。"

"他还在寻找？"

"是的。"

"真有意思。"他说，"他永远也找不到的。那知识不在这里。它根本不存在。"

"我也猜想可能不存在。"我说。

"那你真是比他聪明太多了。他说古代智慧藏在此地——这恐怕也是从我这里学来的。在我实际见到这个世界之前，我以为创造了这个世界的知识依然保存在这里，藏在某处，等着被人发现。当然，等我到了这里之后，立刻就意识到这个想法很可笑。想象一下流到地下的水。它年复一年地流过某个缝隙，侵蚀了周围的石头。一百万年后，就形成了洞穴。但是你却找不到最初形成洞穴的水了。它已经渗入地底了。这里也是一样。但是凯特利很自大。他总是从实用的角度想问题。要是一样东西他拿来没用，他就不明白那东西为什么还会存在。"

"这就是为什么这里有雕像吗？"我问。

"你说什么为什么有雕像？"

"雕像存在就说明有思想和知识从别的世界流进这里吧？"

"啊！这个我倒是从未想过！"他高兴地说，"这是多么敏锐的洞察力啊。是的，是的！我觉得这很有可能！也许就在我们说话的时候，这座迷宫的某个遥远的地方有老式电脑的雕像正在成形！"他停了一下，"我不能待太久。我深知在这里停留太久会有什么后果：失忆，精神崩溃，诸如此类的情况。但是我必须要说你清醒得让人惊讶。可怜的詹姆斯·里特最后连一句完整的话都说不出来了，他待在这里的时间只有你的一半。不，我到这里来的真正目的是这个。"他用冰冷枯瘦的手握住我的手，用力把我拉到他身边；他有种纸张和墨水的气味，还有种混杂着紫罗兰和大茴香的香气，除此以外，在最深处，他有种微弱但确凿无疑的污秽气味，如同排泄物一样。"有人在找你。"他说。

"是16吗？"我问。

"你再说一遍，'16'是什么意思？"

"第十六个人。"

他歪着头想了一下。"嗯……算是吧。为什么不是呢？可以这么说，就是16。"

"但我认为16是在找那个人，"我说，"16是那个人的朋友。他自己说的。"

"那个人……？哦，对，凯特利！不，不，16不是在找凯特利。你知道我为什么说他很自大吗？想想所有跟他有关的事情吧。不是他，16找的是你。16曾问我该如何才能找到你。我不想强迫16——我不想强迫任何人——我出于好意所做的一切却让凯特利对我怀恨在心。我恨他。过去的二十五年时间他一直在所有人面前诽谤我。所以我会充分告知16如何到达这里，详细地说明。"

"先生，请不要这样做。"我说，"那个人说16是个恶毒的人。"

"恶毒？我看不是。他和大多数人没什么区别。不是的，抱歉，我必须为16指明道路。我想把猫放进鸽群里，最好的办法就是把16送来。当然，肯定有这样一种可能性——可能性还很大——16永远来不了。如果没有人指明道路，很少有人能到达这里。事实上，除了我以外，唯一一个靠着自己的力量来到这里的人是西尔维亚·达戈斯蒂诺。她非常擅长在这中间往来，不知道你明白我的意思没有。凯特利则是特别不擅长，我都给他演示过无数遍了，他还是不懂。不借助仪器他永远来不了这里——他需要蜡烛和支架搭成一扇门，还要举行很多乱七八糟的仪式。我估计他带你来的时候你已经看过了吧。而西尔维亚却是随时都可以往来。你刚刚才看到她，片刻后她就不见了。有些动物也有这种能力，比如猫和鸟。在80年代早期我有过一只卷尾猴，它不管什么时候都能找到路。我会把方法告诉16，之后就看16自己的能力了。你只需记住凯特利怕16。16离得越近，凯特利就会变得越危险。事实上他要是不采取暴力我才觉得奇怪呢。也许你应该杀了他，或者采取别的什么措施，免得自己遭遇危险。"（"遭遇"他说得有点像"早于"。）他微笑着看着我。"我要走了，"他说，"我们不会再见面了。"

"那么先生，祝你一路平安，"我说，"愿你的地板坚固稳定，愿你的眼中映满大宅的美景。"

他沉默片刻。他似乎在仔细地打量我的脸，就在这时，他想起了最后一件事。"你之前给我写信要求见面的时候，我拒绝了你，对此我并不后悔。我当时以为你是个狂妄自大的小混蛋。你那时候多半是的。但是现在……你很可爱。相当可爱。"

他捡起丢在地上的雨衣，不紧不慢地朝通往东二号大厅的门走去。

我思考了预言家所说的话
信天翁来到西南各大厅之年第七个月第二十一天的记录

我对这次意外的见面感到很激动，于是立刻去拿了日记本记录此事。我写下标题"预言家"，因为他肯定是个预言家。他解释了这个世界是如何诞生的，还跟我说了一些只有预言家才知道的事情。

我花了些时间认真思考他说过的话。其中很多内容我都无法理解，我估计预言家说的话大都是这样的吧，他们的思想太伟大，所以思路也比较奇特。

我不打算久留。我只是路过。

通过这句话我得知他住在遥远大厅里，并打算很快返回。

我理解你为什么要称我为"16"。但我不是。

我认为这是真话。也许（我只是随便假设）预言家认为住在我这边大厅的十五个人可以视为一群人，而住在遥远大厅的那些人则算是另一群，他应该被算作其中之一。也许在他的同类中，他是第三或者第十个人。他甚至有可能是大得惊人的数目，比如第七十五个人!

不过我觉得这完全是幻想。

我到这里来过,也派其他人来过。

我的那些死者之中是不是也有预言家派来的人呢?比如鱼皮人或者被折叠的小孩?这也只是推测。和预言家说的其他很多话一样,这句话也无法理解。

最终我们都付出了惨重的代价。我的代价是被囚禁。

这句我完全不懂。

……富有魅力的年轻的意大利人……斯坦·奥文登……西尔维亚·达戈斯蒂诺……可怜的詹姆斯·里特……

预言家说到了四个名字。准确来说是三个名字和一个称谓("富有魅力的年轻的意大利人")。这极大地补充了我对这个世界的认知。如果预言家只说到这里的话,这些话还是意义不大。但预言家还说那三个名字都属于死者(斯坦·奥文登、西尔维亚·达戈斯蒂诺和"富有魅力的年轻的意大利人")。"可怜的詹姆斯·里特"的情况我不清楚。预言家的意思是,詹姆斯·里特也是死者之一吗?还是说,他住在遥远大厅里,和预言家是同一类人?我不知道。

问题太多了!有好多事情,我真希望自己昨天问了他!但是我却没有问出来。他出现得太突然了。我完全没有做好准备。只有现在,独自一人平静地待着,我才能思考他传达给我的信息。

……凯特利是不是依然坚信古代智慧在这里?……他永远也

找不到的。那知识不在这里。它根本不存在。

我很高兴能够证实自己是对的。也许我有些自负，但这是很难抑制的。我未来的工作以及和那个人合作会造成什么结果，都还有待验证。

很多迹象都表明，预言家说他和那个人曾经互相认识。预言家把那个人称为"凯特利"，还说那个人是他的学生。但是那个人从未说起过预言家。我跟他说过几次这个世界里有十五个人，但是他从来没跟我说："不是十五个！我还认识一个！"这是很奇怪的（尤其是考虑到他一有机会就喜欢反驳我）。但是那个人从来都没兴趣查清这里住着多少个人。我们的科学兴趣在此处有所分歧。

16 离得越近，凯特利就会变得越危险。

我从未见过那个人有丝毫的暴力倾向。

也许你应该杀了他，或者采取别的什么措施，免得自己遭遇危险。

另一方面预言家很显然是个危险人物。

你之前给我写信要求见面的时候，我拒绝了你，对此我并不后悔。我当时以为你是个狂妄自大的小混蛋。你那时候多半是的。

在预言家所说的话里，这部分最难懂。我从未给他写过信。我直到昨天才知道他存在，怎么可能给他写信呢？也许是某个死者——斯坦·奥文登或者可怜的詹姆斯·里特——写给他的吧，预言家把我和某个人搞混了。也可能预言家对时间的感知和别人不一样。也许我是在未来给他写信的。

那个人描述了应该杀死我的情况
信天翁来到西南各大厅之年第七个月第二十四天的记录

我当然很想跟那个人说说我和预言家见面的事情。预言家要把通往我们这边大厅的路告诉16,那个人必须尽快知道。从星期五(我和预言家见面那天)到今天(我应该和那个人见面的日子),我到处寻找那个人,却没能找到。

今天早上,我去了西南二号大厅。那个人已经在那里了,我一眼就看出他很紧张。他把手插在口袋里,来回走动,脸色阴沉,明显压抑着怒气。

"我有重要的事情想告诉你。"我说。

他挥了挥手,不理会我说的话。"等等吧,"他说,"我需要和你谈谈。关于22的一些事情,我还没跟你说过。"

"谁?"我说。

"我的敌人,"那个人说,"到这里来的那个人。"

"你是指16?"

一阵沉默。

"哦,是的。对。16。你给那些东西起了奇怪的名字,我总是搞不清楚。对了，关于16的一些事情，我还没跟你说过。16真正感兴趣的是你。"

"是的！"我说，"其实我已经知道了。你看……"

但是那个人打断了我。"如果16到这里来，"他说，"我最近在想，这种可能性很大——那么，16找的是你。"

"是的，我知道。但是……"

那个人摇摇头。"皮拉内西！听我说！16想告诉你一些事情——你不想知道的事情，但是如果你知道了，如果你让16和你说话，这些话会造成可怕的影响。如果你听了16说的话，结局会很可怕。会发疯。会畏惧。我之前见过。16光是和你说话就能瓦解你的意志。16能让你怀疑你所见到的一切。16会让你怀疑我。"

我非常惊恐。邪恶到这种程度，我真是没有想象过。太可怕了。"我该如何保护自己？"我问。

"按我之前告诉你的办法。躲起来。不要让16找到你。最重要的是不要听16说的。这一点至关重要，再怎么强调都不过分。你要知道，16拥有的这种能力……你根本无从抵挡，你已经精神不稳定了。"

"精神不稳定？"我说，"你这是什么意思？"

那人脸上露出一丝厌烦之意。"我说过，"他说，"你忘记了很多事情。你重复你曾经说过的话。我们一周前就说过了。不要告诉我你把那次的事也忘了。"

"不，不，"我说，"我没忘。"我在犹豫要不要跟他说说我的想法，也就是记忆出现问题的人不是我，而是他，但是现在事情很多，不该争论这个。

"那好吧，"那个人说着，叹了口气，"还有别的事情。我还有事情要说，我希望你明白，这件事对你对我都一样痛苦。如果我发现你听16说话，16的那种疯狂影响到了你，我就会有危险。你明白了吧？你就有可能袭击我。事实上你很可能会的。16肯定会煽动你伤害我。"

"伤害你？"

"是的。"

"太可怕了。"

"确实。而且事关你作为人类的尊严问题。你会被轻视，会陷入疯狂。对你来说会是很侮辱人的。我想你肯定不愿变成那样，对吧？"

"对，"我说，"对，我不想变成那样。"

"嗯，"他说着，深吸一口气，"如果出现那种情况，如果我发现你疯了，我认为最好的处理方式就是杀了你。这对我们都好。"

"啊！"我说道。这真是令人意外。

一阵短暂的沉默。

"不过也许假以时日，再加上一些帮助，我能够恢复？"我问道。

"不太可能。"那个人回答,"再说,我绝不能冒险。"

"哦。"我说。

然后又是一段长长的沉默。

"你要如何杀我?"我问。

"你不想知道。"他回答。

"嗯,我看也是。"

"不要往那方面想,皮拉内西。照我说的去做。尽全力躲开 16 就没问题了。"

"你为什么没有疯?"我问。

"什么?"

"你跟 16 交谈过。你为什么没有疯?"

"我跟你说过,我有办法保护自己。再说,"他说着,懊悔地抿紧了嘴,"我也不是完全没事。只有上帝知道眼下我不管做什么都是半疯狂的。"

我们再次陷入沉默。我觉得我们两个都很震惊。然后那个人勉强露出微笑,想装作若无其事的样子。他忽然想起一件事。

"你怎么知道的?"他问。

"知道什么?"我问。

"我以为你说……你好像说到你已经知道 16 在找你了。专门找你。你怎么知道的?你怎么可能知道?"从他的表情我看得出来,他正在努力思考这件事。

现在正是时候把预言家的事情告诉他。话已经到嘴边,我却犹豫了。我说："是大宅给了我启示。你知道我能得到这些启示吧？"

"哦，是啊。那个。你想跟我说的是什么？你说有重要的事情要告诉我。"

一阵短暂的停顿。

"我在下层大厅看到章鱼在游泳，它们游到了十八号门厅。"我说。

"哦，"那个人说，"是吗？那真不错。"

"真的很有趣。"我说。

那个人深吸一口气。"好吧！远离16！不要发疯！"他朝我笑了笑。

"我一定会远离16的，请相信我，"我说，"我不会发疯。"

那个人拍了拍我的肩膀。"非常好。"他说。

那个人说在某种情况下会杀我，我对此的反应
信天翁来到西南各大厅之年第七个月第二十五天的记录

我侥幸逃脱了！我差点就把预言家的事情跟那个人说了！说了的话他（那个人）就会说："你明明答应我了，为什么还要跟不认识的人说话？你不认为他有可能是16吗？"

我该怎么回答呢？我跟他搭话的时候，我确实以为他就是16。我违背了对那个人的承诺。这是找不到借口的。最好的情况下，那个人会认为我是个不值得信任的人。最坏的情况下，他会更想杀了我。

我忍不住去想情况反过来会怎么样，如果精神状况受到16威胁的是那个人，我可不会那么快就决定杀他。老实说，我觉得自己从来都没想过杀他——杀人这个念头让我心生厌恶。当然我会尝试其他办法，比如说想办法治疗他的疯癫。但是那个人个性很顽固。我不能说这是个缺陷，但是他绝对有这样的倾向。

得知16要来，我改变了外貌
信天翁来到西南各大厅之年第八个月第一天的记录

我现在在练习如何躲避16。

试想（我对自己说）你在东南二十三号大厅遇到了某人——是16！藏起来！

我迅速安静地跑向墙边，跳进两座雕像之间的缝隙里。挤进去之后我非常安静地待在那里。昨天一只秃鹰飞进我藏身的大厅想捕食小鸟。他绕着大厅盘旋之后，落在男人和孩子绘制星图的雕像上。他在那里停留了半个小时都没发现我。

我的衣服是完美的掩护。我年轻的时候，衬衣和裤子颜色都不一样：蓝色、黑色、白色、灰色、橄榄棕。其中有一件衬衣是很漂亮的樱桃红。但后来它们全部褪了色，变得模模糊糊的。现在所有的衣服都成了难以分辨的灰色，跟周围灰白的大理石雕像一个样子。

但是我的头发比较麻烦。多年来它们长长了不少，我用四处找来的漂亮东西把头发编起来，有贝壳、珊瑚珠子、珍珠、小卵石和好看的鱼骨。这些小装饰都挺闪亮的，很醒目。我走路或跑动的时候它们就会沙沙作响。于是我花了一整个下午把这些东西拆下来。拆起来很麻烦，有时候还很疼。我把这些装饰放在漂亮的盒子里，盒子上画着章鱼，之前这盒子里装的是我的鞋子。等16返回他自己的大厅之后，我就把这些东西编回头发里去——没有这些，我就觉得自己没穿衣服似的。

索引

信天翁来到西南各大厅之年第八个月第八天的记录

每隔一周左右，我就会整理日记索引，这是我的习惯。我觉得这比写完后马上加入索引效率更高。经过一段时间之后，更容易分辨出重要和次要的事情来。

今天早上，我拿着日记和索引，盘腿坐在北二号大厅的地上。上次整理索引之后发生了很多事情。

我在索引中写道：

预言家，现身：10号日记，第148—152页

然后我又写了一行：

预言，关于16即将到来：10号日记，第151—152页

我又读了一遍预言家说的有关死者身份的内容，接着写道：

死者，一些初步的名字：10号日记，第149、152页

我写下那些人的名字。在Y字头下，我写道：

意大利人，富有魅力，年轻：10号日记，第149页

我写斯坦·奥文登的名字（在A字头下）写到一半时，忽然被上面一行字吸引了注意力：

奥文登，斯坦利，劳伦斯·阿恩－塞尔斯的学生：21号日记，第154页；又见"毛里齐奥·朱萨尼失踪事件"，21

号日记,第186—187页

我惊呆了。他的名字写在那里。斯坦利·奥文登。已经写在索引里了。但是当预言家说起他的名字时,我却一点印象也没有。

我又把那一行索引读了一遍。

我犹豫了。我看的时候就明白了,这里有些内容非常奇怪。而这些奇怪的内容实在过于离奇,根本无法理解,也不能让我产生任何联想。我可以看出其中的怪异之处,但是却想不出来原因。

21号日记。

我写着"21号日记"。这到底是为什么?根本没有道理。我到目前为止正在写的这本日记(我之前就解释过了)是10号。根本没有21号日记。不可能有21号日记这种东西。这到底是什么意思?

我又看了下其他部分的内容。在N字头下,绝大多数记录都是关于那个人的。绝大部分都是如此,因为他是除了我以外唯一一个活人——当然还有预言家和16,不过我不了解他们。我看到索引里有之前写下的其他内容。它们就跟"斯坦利·奥文登"的条目一样奇怪。我聚精会神地读着,感觉自己似乎不肯承认亲眼所见的内容。无论如何,我强迫自己读下去,强迫自己思考这些东西。

奥基夫，乔治娅[1]，展览：11号日记，第91—95页

奥克尼，2002年夏季计划：3号日记，第11—15，20—28页

奥克尼，布罗德盖海岬[2]：3号日记，第40—47页

奥克尼，考古发掘：3号日记，第30—39，47—51页

…………

观测的不确定性：5号日记，第134—135页

…………

《局外人》，柯林·威尔逊[3]：20号日记，第46—51页

局外人精神病学，见"R. D. 莱恩"[4]

局外人美术：21号日记，第79—86页

局外人数学：21号日记，第40—44页；又见"斯里尼瓦瑟·拉马努金"[5]

局外人文学，见"同人小说"

局外人思想，不同的知识和信仰体系对其造成的影响：18号日记，第42—57页

---

[1] 乔治娅·奥基夫（Georgia O'Keeffe，1887—1986），美国艺术家，被称为"美国现代主义艺术之母"。——本书脚注均为译者注
[2] 位于苏格兰奥克尼群岛的新石器时代遗址是世界文化遗产，布罗德盖海岬即位于此处。
[3] 柯林·威尔逊（Colin Wilson，1931—2013），英国哲学家、小说家。他将自己的哲学称为"新存在主义"或"现象学存在主义"。他出版于1956年的作品《局外人》是他的代表作。
[4] R. D. 莱恩（R. D. Laing，1927—1989），英国存在主义精神病学家，著有《分裂的自我》等书。
[5] 斯里尼瓦瑟·拉马努金（Srinivasa Ramanujan，1887—1920），印度历史上最著名的数学家之一，但从未受过正规高等数学教育。他常常省略推导步骤，不做任何证明，仿佛是以直觉直接得出结论，但其他数学家往往证明他是对的。

局外人哲学：17号日记，第19—32页；又见"J. W. 邓恩（连续主义）"[1]"欧文·巴菲尔德"[2]"鲁道夫·斯坦纳"[3]

这些记录引向了更多不存在的日记！11、17、18和20号日记。3号和5号日记是存在的，所以这些记录也是真实的。只不过……只不过……我越看越觉得这些记录指的不是我的3号和5号日记，而是别的日记。这些记录是用我没见过的笔写的。墨水更淡更流畅，笔尖比我用的任何笔都要宽。除此之外，字迹倒是我自己的——这一点不容置疑——但是和我现在的字迹又有些微妙的不同。那些字略圆也略大——简言之，就是更年轻一些。

我去了东北角，爬上玫瑰丛中的天使雕像。我拿出棕色皮革邮差包，掏出所有的日记本。一共九本。只有九本。我没有找到另外二十本，此前一直被我遗忘的那二十本。

我认真检查日记，特别注意看封面和封面上的编号。我的日记本是黑色的，所以我用白色油性笔在书脊底部写上号码。结果我惊讶地发现最早的三本日记号码被改过。本来写的是21、22、23，但有人把前面的2刮掉了，就变成了1、2、3。刮痕处理得不是很彻底（油性笔是很难擦除的），我仍能依稀看出那个2。

---

[1] J. W. 邓恩（J. W. Dunne，1875—1949），英国哲学家、航空工程师，著有《时间的实验》一书，并在此书中提出了"连续时间理论"。

[2] 欧文·巴菲尔德（Owen Barfield，1898—1997），英国哲学家、作家、诗人，人智学在英语世界的奠基人。

[3] 鲁道夫·斯坦纳（Rudolf Steiner，1861—1925），奥地利哲学家、教育家、神秘主义者，人智学的创立者。

我坐了一会儿，想搞清楚其中的原因，但我什么都不明白。

如果1号日记（我的1号日记）原本是21号日记，那么里面就应该包含两条关于斯坦利·奥文登的记录。我拿起日记本，翻到第154页。找到了。这篇的日期是2012年1月22日，标题是《斯坦利·奥文登小传》。

斯坦利·奥文登。1958年生于英格兰诺丁汉。父亲是爱德华·弗朗西斯·奥文登，甜点店店主。母亲的名字和职业不详。曾在伯明翰大学学习数学。1981年开始研究生学业。同年他修习了劳伦斯·阿恩－塞尔斯的一门知名的课程："被遗忘的、阈限的、违法的和神圣的"。之后不久，奥文登放弃了数学，在曼彻斯特大学攻读人类学博士，阿恩－塞尔斯是他的导师。

第一条记录就在这里结束。接着我翻到第186页，这一篇的标题是《毛里齐奥·朱萨尼失踪事件》。

1987年夏天，劳伦斯·阿恩－塞尔斯租下一座名为松屋的农舍，距离佩鲁贾20公里。他最喜欢的学生们（他们那个小圈子）和他一同前去：奥文登、班纳曼、休斯、凯特利和达戈斯蒂诺都包括在内。

这帮人之间的气氛开始变得紧张。阿恩－塞尔斯变得特别敏感，任何言论或者质疑，只要表现出对他"伟大的实验"有所动摇，就会触动他的神经。任何人只要胆敢提出质疑，就会遭到他严厉指责，从品行到学术上的缺点都会被抨击一番。于是这里面绝大部分人都圆滑地保持沉默，但是斯坦利·奥文登对人身攻击这种事情比较麻木，他还是不断质疑他们所做的事情。当塔莉·休斯在阿恩-塞尔斯面前帮奥文登说话的时候，她也免不了遭到阿恩-塞尔斯大肆抨击。松屋的气氛越发紧张，结果奥文登和休斯开始长时间单独相处。他们和一个名叫毛里齐奥·朱萨尼的年轻人结下友谊，朱萨尼是佩鲁贾大学哲学系学生。这段友情似乎让阿恩-塞尔斯深深地担忧起来。

7月26日晚，阿恩-塞尔斯邀请朱萨尼和他的未婚妻埃琳娜·玛里埃蒂参加在松屋的晚餐会。晚餐期间，阿恩-塞尔斯说起另一个世界（建筑和海洋浑然一体的世界）以及可能到达那里的方法。埃琳娜·玛里埃蒂认为那是一种隐喻，或者是在描述某种赫胥黎式预言一样的体验。

玛里埃蒂次日要工作。（她和朱萨尼一样都是研究生，不过那个夏天她在她父亲位于佩鲁贾的法律事务所担任律师助理。）大约11点的时候她对大家道了晚安，然后开车回家睡觉了。其他人还在聊天。这群英国人保证会安排一人送朱萨尼回家。

毛里齐奥·朱萨尼再也没有出现过。阿恩-塞尔斯说他在玛里埃蒂离开后不久也去睡觉了，不知道之后发生了什么。其他人（奥文登、班纳曼、休斯、凯特利、达戈斯蒂诺）说朱萨尼不要他们送，他于午夜过后不久自己步行离开了。（那天夜里月光皎洁，天气温暖，朱萨尼的住所就在3公里之外。）

　　十年后，阿恩-塞尔斯被认定为绑架了另外一个年轻人，意大利警方又重启对朱萨尼失踪案的调查，然而……

　　我不读了，站起来深吸一口气。我很想把日记远远扔开。那些字迹——（我自己写的字！）——看起来虽然是完整的话语，但是我却知道它们毫无意义。全是胡说八道！"伯明翰""佩鲁贾"这些词究竟是什么意思？没有意思。这个世界上没有与之对应的东西。

　　那个人果然说对了。我忘了很多事情！更糟糕的是，就在这个那个人说要是我疯了就杀死我的时候，我发现我确实已经疯了！就算现在没疯，过去也曾疯过。我写这些东西的时候肯定发疯了！

　　我没有把日记本远远扔掉。我把它扔在地上走了。我希望将我自己和这些发疯的证据拉开距离。那些没有意义的词——"佩鲁贾"啦，"诺丁汉"啦，"大学"啦——在我脑海里回荡。我觉得压力很大，仿佛有某个隐约成形的想法就要冲进我的脑海中，带来更多的疯狂和不解之事。

　　我快步穿过好几个大厅，不知道也不在乎我要走到哪里去。

忽然间我看到面前出现了牧神的雕像,这是我最喜欢的一座。他那张平静的脸上带着淡淡的微笑,食指按住自己的嘴唇。以前我总觉得他这个姿势是在提醒我:小心!但是今天看来却是另一个意思:嘘!别紧张!我爬到他的底座上,扑进他怀里,搂着他的脖子,和他手指交握。在他的怀抱中我觉得安全了,不禁因自己失去理智而哭泣。抽泣声在我心头汹涌起伏,真是痛苦。

嘘!他对我说。别紧张!

我决定好好照顾自己
信天翁来到西南各大厅之年第八个月第九天的记录

我离开牧神的怀抱,内心凄凉地在大宅里走着。我肯定是疯了——或者说之前疯过——或者说现在正在逐渐变疯。无论如何,前景都很不妙。

过了一会儿,我想通了,这样下去肯定没有好处。

我强令自己回到北三号大厅,吃了点鱼,喝了点水。然后我去看了所有我喜欢的雕像:猩猩、演奏大镲的小男孩、举蜂巢的女人、背负城堡的大象、牧神、两位对弈的国王。雕像的美丽安抚了我,让我平静下来;他们高贵的表情让我想起这个世界的一切美好。

今天早上,我能更加平静地面对昨天发生的一切了。

我接受了自己曾经状况不佳的事实。我在日记上写那些东西的时候肯定病得不轻，否则肯定不可能写出"伯明翰""佩鲁贾"之类莫名其妙的词。（就算是现在，当我开始写这篇日记的时候，我又觉得焦虑了。各种画面在我脑海里挤成一团——古怪、梦魇一般的画面，但是又莫名眼熟。比如"伯明翰"这个词，有着刺耳的噪音、闪烁的运动和色彩，还有一列一列的塔矗立在灰暗的天空中。我想记住这些印象以后再仔细思考，但是它们转眼就消失了。）

不管怎么说，我之前把那两篇日记视作胡言乱语，未免太欠考虑了。其中有些词——比如"大学"——似乎是有意义的。我觉得，我只要肯认真琢磨一番，就能给"大学"下一个清晰的定义。我想了一下这究竟是什么。我知道"学者"的意思，因为大宅里到处都是拿着书和纸张的学者雕像。也许从这些雕像中我能推测出"大学"这个概念（学者们聚集的地方）？这不是一个很令人满意的猜测，但是目前我只能这样想了。

日记里还提到了一些人名，有其他证据证明他们存在。预言家提到过斯坦利·奥文登，此人显然真实存在。预言家还回忆过那个富有魅力的年轻的意大利人的名字，却没想起来。也许是毛里齐奥·朱萨尼。最后，两篇日记都提到了"劳伦斯·阿恩-塞尔斯"，而我在一号门厅捡到的那封信就是"劳伦斯"写的。

换句话说，在胡言乱语的日记中似乎混杂了一些真实的信息。既然我想要尽我所能去了解曾经生活在此的人，那就不应该无视如此重要的内容。

很显然我忘记了很多事情——最好是坦然面对这一事实——这是阶段性精神错乱的证据。我的首要任务就是把这些不利的内容藏起来不让那个人看见。（不过我觉得他应该不至于看到这些就杀了我，但他肯定会认为我比他目前所想的更加可疑。）同样重要的另一件事是让我自己不要再次发疯。关于这一点，我觉得要更好地照顾自己。一定不要过于专注科学研究，以至于忘了钓鱼，让自己没饭吃。（大宅为勤劳努力的人准备了丰富的食物。没有任何理由让自己饿着！）我要投入更多精力缝补衣服，还要做鞋子，我总觉得脚冷。（问题：可以用海草织袜子吗？不确定。）

我思考了一下日记编号被窜改这件事，觉得应该是我自己改的。也就是说还有二十本日记（二十本！）不见了——想到这里就觉得可怕。但是与此同时，日记丢失倒也能解释很多问题。我大约（我之前说过）三十五岁。我现有的十本日记记录了五年的时光。那么我早年生活的日记在哪里呢？那些年我干了什么呢？

昨天我觉得我再也不想看到那些日记了。我想着要把全部十本日记和索引都扔进汹涌的潮水里，想象自己摆脱那些日记后就轻松了。但是今天我冷静多了。我不怕也不恐慌了。今天我明白有必要认真研究以前的日记，疯的部分也要仔细看——可能疯的部分尤其重要。因为我一直想多了解一些曾经活过的人的信息，日记虽然难以理解，虽然过分离奇，但是确实包含了有关那些人的信息。其次我也需要了解自己发疯的事,知道得越多越好,尤其是什么情况引起我发疯,以及未来该如何防范。

也许通过研究过去的日记,我就能搞清楚这些事情了。与此同时,还有一点很重要,那就是要认清读日记这种行为本身就是导火索,会引起很多痛苦情绪和噩梦般的想法。我必须非常小心,一次只读一小部分。

那个人和预言家都说大宅本身就是疯狂和失忆的原因。他们都是科学家,是聪明人。他们两位无可指摘的权威都这么说,我也就认同他们的说法了。确实是大宅让我失忆了。

你信任大宅吗?我问自己。

是的,我自己回答道。

如果大宅让你失忆,那么它这样做肯定是有原因的。

但是我不明白究竟是什么原因。

你明不明白原因都没关系。你是这座大宅的宠儿。别紧张。

我不紧张了。

西尔维亚·达戈斯蒂诺
信天翁来到西南各大厅之年第八个月第二十天的记录

我对于预言家提到的另外那些人感到好奇,于是我决定从西尔维亚·达戈斯蒂诺和可怜的詹姆斯·里特开始研究,但我没有立刻开始查找。我打定主意要先照顾好自己,于是过了一周半之后,我才再次开始读日记。中间那段时间,我做了些令人宽心的日常活动:我钓鱼、煮汤、洗衣服;我用天鹅骨头做了支笛子,并用它作了曲。今天早上,我带着日记和索引来到北五号大厅。这个大厅里有猩猩雕像,我觉得看见他,我也能得到力量。

我盘腿坐在猩猩对面的地方,翻到索引上的 D 字头,找到了她的名字。

达戈斯蒂诺,西尔维亚,阿恩-塞尔斯的学生:22 号日记,第 6—9 页

我翻到 22 号日记(也就是我现在的 2 号日记)的第 6 页。

西尔维亚·达戈斯蒂诺小传

1958 年生于苏格兰利斯,诗人爱德华多·达戈斯蒂诺之女。

照片上显示了一个有些中性气质的女人,很有吸引力,称得上漂亮,有着浓黑的眉毛、乌黑的眼睛、醒目的鼻子和坚定的下颌线。她那头浓密的黑发常常扎在脑后。按照安加拉德·斯科特的说法,达戈斯蒂诺从不向传统的女性思想妥协,只是偶尔关注自己的服饰。

达戈斯蒂诺十几岁的时候对朋友说她想去大学研究"死亡、星辰和数学"。但曼彻斯特大学居然不提供这些课程，所以她一心研究数学。在大学里，她很快就遇到了劳伦斯·阿恩-塞尔斯和他开设的课程，这次相遇造就了她今后的人生。

阿恩-塞尔斯讲到和古代的意志交流、窥探其他世界的内容，回应了她对宇宙的全部渴望——也就是"死亡和星辰"那部分。她很快拿到了数学学位，然后在阿恩-塞尔斯的指导下开始研究人类学。

阿恩-塞尔斯所有的学生和徒弟中，达戈斯蒂诺是最认真的一位。阿恩-塞尔斯把自己位于威利区的房子腾了一间给她，她就成了免费的管家兼秘书。她有一辆车（是阿恩-塞尔斯不开的），她的工作之一就是开车送阿恩-塞尔斯去任何他想去的地方，包括在周六晚上去运河街接一些年轻人。

1984年，她拿到了博士学位。她没有选择从事学术或教学工作，而是继续留在阿恩-塞尔斯身边，做各种琐碎的工作为生。

她是家里的独生女，和双亲很亲密，尤其是父亲。80年代中期，按照阿恩-塞尔斯的指示，她和父母吵了一架。按照安加拉德·斯科特的说法，这是在试探她是否忠诚。达戈斯蒂诺从此断绝了和双亲的关系，再也没有和他们见过面。

斯科特说她是个诗人、艺术家、电影导演，还列出了刊载她诗歌的杂志：《大角星》《撕裂》和《蚱蜢》。（但我至今都没找到其中任何一种杂志。)《蚱蜢》的编辑——一个名叫汤姆·提奇威尔的人——是爱德华多·达戈斯蒂诺的朋友。他（提奇威尔）以谈论诗歌为借口和西尔维亚保持联系，又把自己得到的消息转述给西尔维亚的双亲。

她有两部电影保存了下来：《月亮/森林》和《城堡》。《月亮/森林》是一部独特且富有感染力的作品，阿恩-塞尔斯小圈子以外的批评家和观众都很喜欢。这部影片时长25分钟，是在曼彻斯特郊外的荒野和树林里拍摄而成的。是用彩色超8摄影机拍摄的，但视觉效果几乎完全是黑白的——黑色的森林、白色的雪、灰色的天空等等，偶尔有鲜红的血溅出。影片中，一位古代祭司奴役着一个小社区。他对那里的男男女女都很残忍。有一个女人反对他，祭司为了显示自己的力量，就给她施了一个咒语作为惩罚。那个女人穿过一条溪流。她刚走了一步，脚就被月亮的倒影困住了。她被困在溪流中，无论如何也不能离开月亮的倒影。祭司趁她孤立无援的时候来到她身边殴打她。而她一直都无法移动。只剩她一个人的时候，她求助于桦树。当祭司穿过森林时，被几棵桦树缠住了，树枝捆住他，刺他。他动弹不得，最终死了。那女人也从月亮的倒影中解放出来。《月亮/森林》中几乎没有对话，仅有的一点点台词也很难理解。那个女人和祭司都说着他们独有的语言，和我们的语言毫无关系。《月亮/森林》中真正运用的语言很简单，是冷酷的图像：月亮、黑暗、水流、树木。

达戈斯蒂诺留存于世的另一部影片更加古怪。它没有名字,但通常被称为《城堡》。是用 Betamax 摄影机拍摄的,画质很差。镜头在多个房间里移动,大概是模仿在不同城堡或宫殿里移动的情景(我们看不到城堡的全貌,它真的太大了)。墙上排满了雕像,地上满是水洼。相信阿恩-塞尔斯理论的人们声称,这段影像是在记录他提到过的其他世界之一,可能是他在2000年出版的《迷宫》中提到的那一个。其他人想查明拍摄地点,好证明这不是关于另一个世界的影像记录,但是他们谁都没能搞清楚。在达戈斯蒂诺亲笔书写的笔记里找到了关于《城堡》的内容,但是这些笔记跟她最后的日记一样,都是用密码写成的,完全无法解读。

达戈斯蒂诺成年后一直有写日记的习惯。早期的日记(1973—1980)留在她父母在利斯的家中,那些日记都是用英文写成的。别的日记,截至她失踪时(1990年春)为止,都放在她工作的私立诊所里。这些日记混用了象形文字和用英文写下的对图像(可能是梦中的图像?)的描述,非常古怪。安加拉德·斯科特曾试图解读,却没能成功。

在1990年初,达戈斯蒂诺在威利区的一家私立诊所当前台接待。她和诊所的一位医生成了朋友,那个人名叫罗伯特·阿尔斯泰德,和她年龄相仿。这个时候她明显不像以前那样仰慕阿恩-塞尔斯了。她对阿尔斯泰德说,她生活十分艰辛，但是她始终要感激阿恩-塞尔斯，因为他打开了一扇通往更美好世界的大门，她在那个世界过得很开心。阿尔斯泰德不明白这是怎么回事。后来他对警察说，他确定达戈斯蒂诺没有吸毒。如果她吸毒的话，他绝不会让她在诊所工作。

当阿恩-塞尔斯得知达戈斯蒂诺和阿尔斯泰德的友情之后，他妒意骤起，要求她辞职。达戈斯蒂诺拒绝了。

4月的第一个星期，她没有去上班。在她失踪两天后，阿尔斯泰德医生报了警。达戈斯蒂诺再也没有出现。

可怜的詹姆斯·里特
信天翁来到西南各大厅之年第八个月第二十天的第二条记录

21号日记上有两篇关于詹姆斯·里特的记录，分别在第46页和第122页。第一篇的标题是《劳伦斯·阿恩-塞尔斯的耻辱》。

阿恩-塞尔斯充满争议的事业于1997年4月戛然而止：一个受雇来打扫卫生的女人在他的房子里发现，一间屋子的墙脚里正渗出一种棕色的液体。按照阿恩-塞尔斯的说法，那个房间是卧室，没有人使用。但是清洁工认为那个房间肯定是有人使用的，于是她继续打扫。她用海绵擦了那些液体，还闻了闻。是小便和大便的气味。又有一些液体从墙脚里渗出来。她推了一下那堵墙,墙稍微后退了一点。她又把耳朵贴上去听了听。然后她就报了警。那堵墙是假的——警察在墙后面的房间里找到了一个年轻人,他病得很重,话都说不清楚。

阿恩-塞尔斯的学术生涯到此结束。经过一番(被大肆报道的)审判,他被判三年监禁;但是在关押期间,他又数次煽动犯人暴动叛乱。最终他服刑四年半,2002年才被释放。

阿恩-塞尔斯没有出庭为自己做证,也从来没有解释过他为什么要囚禁詹姆斯·里特。

这篇记录让我很失望,里面根本没说可怜的詹姆斯·里特是谁。我又翻到第二篇记录。这一篇似乎更有看头。

詹姆斯·里特小传

1967年生于伦敦。里特年轻时长得很英俊。他当过模特、侍应、酒保、演员,偶尔还当男妓。他成年后长期忍受着精神疾病的折磨。在1987年至1994年间,他至少被收容过两次,一次在伦敦,一次在威克菲尔德。有时候他还无家可归。

自从他在阿恩-塞尔斯家的密室里被发现之后,就被送进医院,并因患有肺炎、营养不良、脱水症和躁郁症而接受治疗。警方想查清他到底被阿恩-塞尔斯关了多久,可惜里特根本无法有条理地回答。于是警方询问了认识他的人——瘾君子、社工、开设收容所的人等等。他们(警方)收集到的消息只能说明1995年上半年,里特曾出现在曼彻斯特一带,因此他很可能被囚禁了两年之久——但这点无法确定。

里特渐渐好转,他自己的说法让这件事情更加扑朔迷离了。他坚持说自己只在威利区阿恩-塞尔斯的房子里待了很短的时间,绝大部分时间他都在另一座房子里,那座房子有很多雕像,大部分房间都被海水淹没。他经常觉得自己依然在那里。他在医院有时候也会变得非常不安,说他必须回到牛头怪身边,因为牛头怪要吃晚餐。虽然吃了控制幻觉的药物,他依然坚称有那样一座大宅,有很多雕像和被水淹没的地下室。

阿恩-塞尔斯究竟为什么要囚禁里特,这点依然有争议。人们提出了两种说法。

第一种说法是,阿恩-塞尔斯对里特洗了脑,好让别人相信他所说的另外的世界不仅存在,而且他自己和其他人都去过那里。当然里特所描述的大宅跟西尔维亚·达戈斯蒂诺的电影《城堡》里宽敞空旷的建筑物非常相像,也和阿恩-塞尔斯描述的另一个世界非常相似——他在狱中写了一本名为《迷宫》的书,书里描述了那个世界。(当然,很有可能是阿恩-塞尔斯造成了里特的幻觉。)但如果这就是阿恩-

塞尔斯的目的——捏造另一个世界存在的证据——为什么非要选择一个有精神病史的人作为自己的证人呢？

第二种说法是，这件绑架案跟阿恩-塞尔斯的"其他世界理论"无关，反而是跟他独特的性取向有关。（这也是1997年10月审判庭上检方的意见。）但如果是这样，为什么里特一直不停地说有大宅和被海水淹没的地下室呢？

安加拉德·斯科特为了写阿恩-塞尔斯的传记曾尝试采访里特，但里特却拒绝交谈，因为谁都不相信有那样一座内部有着大海的大宅，他感到很生气。2010年，一位名叫莱桑德·维克斯的《卫报》记者找到了他，想要重新回顾一下阿恩-塞尔斯的丑闻。此时里特在曼彻斯特市政厅当门卫。维克斯说里特非常冷静，有自制力，甚至有种禅意。里特说自己已经十年没有碰过毒品了。但他给维克斯说的内容跟他曾经对警方说的一样：在1995年至1997年的十八个月期间，他住在一座很大的宅邸里，那大宅的地下室都被海水淹没了，有时候水甚至淹没到一楼。里特说他睡在一个白色半透明的洞穴里，那洞穴位于一座巨大的楼梯的大理石台阶下方。他还说，在曼彻斯特市政厅的工作救了他，因为市政厅也是一座巨大的建筑，有不少雕像和楼梯。因为环境和另一座房子相似——也就是阿恩-塞尔斯带他去的那座房子——所以他觉得很平静。

关于西尔维亚·达戈斯蒂诺和可怜的詹姆斯·里特的日记：一些初步的想法

信天翁来到西南各大厅之年第八个月第二十一天的记录

与可怜的詹姆斯·里特有关的最后一篇日记很有意思。内容跟别的部分一样，全是胡言乱语，但是牛头怪显然是指一号门厅。里特说的楼梯下面那个白色半透明洞穴我也知道在哪里。一号门厅里就有这样一座楼梯，下面有个洞穴似的空间。而且在那个洞里我找到了不少垃圾，还一度觉得生气。詹姆斯·里特很显然就是在一号门厅吃薯片和炸鱼条的人。（光是知道这一点就足以证明我继续读日记的决定是正确的！）

与西尔维亚·达戈斯蒂诺有关的那篇日记提供的信息相对较少，但根据她的影片《城堡》判断，她可能也来过这些大厅。

那篇关于西尔维亚·达戈斯蒂诺的日记中三次出现了"大学"这个词，还有三次说到了斯坦利·奥文登。两周前，我觉得自己能理解这个看似无意义的词，因为我见到了大宅里的学者雕像。当时我觉得这个想法很不可信，但现在它似乎是有道理的。我忽然想起来，其他很多这个世界里没有的概念我都理解得很正确。比如我知道花园就是里面种着花草树木供人观赏的地方。但是在这个世界里没有花园，也没有任何雕塑表现这个主题。（我实在无法想象一个花园的雕像是什么样子的。）然而，大宅各处却散布着人、神、野兽的雕像，他们要么被玫瑰或常青藤环绕，要么在树荫下寻求庇护。在九号门厅里有一座园丁掘地的雕像，在东南十九号大厅里有另外一个园丁修剪玫瑰花丛的雕像。我正是从这些雕像身上推断出了"花园"这个概念。我相信这绝非巧合。大宅就是这样温和自然地将新概念送入人的脑海里。大宅就是这样让我增长知识的。

意识到这一点令我倍受鼓舞，看到日记里出现无意义的词或是联想到无法理解的图像我也就不那么紧张了。不要着急，我对自己说。你在大宅里，大宅会让你增长知识。

日记里提到了不少名字。我把迄今为止出现过的都罗列了出来。共有十五人。如果"凯特利"是那个人的名字，另外一个是预言家的名字，那就还剩十三个名字。而大厅里恰好也有十三个死者。这是巧合吗？我认真想了一下，觉得可能真的是巧合。日记里有名有姓的有十五个人，暗示其存在的则不止这个数：诸如那个被达戈斯蒂诺告知她想研究"死亡、星辰和数学"的朋友，警察（所有日记里都曾提到），给劳伦斯·阿恩-塞尔斯打扫房间的女人，以及星期六晚上和劳伦斯·阿恩-塞尔斯会面的那些年轻男性。很难说清这里究竟涉及多少人。

第四部分

16

我从西八十八号大厅捡回了所有纸片
信天翁来到西南各大厅之年第九个月第一天的记录

我一直没忘记我从西八十八号大厅里捡到的那些纸片，同时也没忘记那些被卡在银鸥的巢穴里的。

两天前，我收拾好东西准备出门：我带了食物、毯子、一个可以用来烧水的小炖锅，还有一些布片。然后我就出发去了西八十八号大厅，到的时候大概正好下午。银鸥都出去觅食了，大厅里一只也没有，不过雕像上新鲜的排泄物表明它们依然住在这里。

我立刻着手把那些纸片从鸟巢里捡出来。纸片到处都是。有些鸟巢里的海草很干，一扯就断，而在另一些鸟巢里，纸片被鸟粪粘在海草上了。我用旧鸟巢里的干海草生了一堆火，用炖锅烧了些水，然后用布沾上水，把粘在鸟巢里的纸片浸湿。这是个精细活，热水太少没法软化那些干燥的鸟粪，热水太多纸片也会被泡烂。我花了好几个小时，到第二天晚上，我从三十五个鸟巢里回收了七十九张碎纸片。我又把各个鸟巢都检查了一遍，确定没有漏掉的纸片了，感到心满意足。

今天早上，我回到自己的大厅。

我花了些时间拼那些纸片。一个小时过去了，我拼出了小半页——或许称得上有半页那么多了——还拼出了其他一些更小的残页。

字迹非常潦草，到处都有划掉的内容。我看了一下：

……他对我做的事情。我怎么会这么傻？我会死在这里的。谁都不会来救我。我会死在这里的。寂静［内容缺失］没有声音，只有海浪在拍击下面的房间。没有吃的。全靠他给我带来食物和水——我的处境就像个囚犯，像个奴隶。他把食物放在有牛头怪雕像的那个房间。我一直幻想着杀死他。在一个被毁坏的房间里，我找到了一块瓦片大小的大理石碎片，边缘呈锯齿状。我想用这个把他的头砍下来。这样我就会觉得无比满足……

这是个愤怒阴郁的人写的东西。究竟是谁呢？我真希望自己能透过这些纸片去安慰他，让他知道在每个门厅里都能捕到大量的鱼，贝壳也俯拾皆是，他只需有一点点远见就永远不至于挨饿，这座大宅提供了一切，它保护着它的孩子。我很想知道他控诉的是谁，那个把他当成奴隶的人。想到大宅里的两个人曾经竟然这样互相仇视，我不禁觉得难过，这也许是哪两个死者吧。是藏起来的人折磨了饼干盒男人吗？还是饼干盒男人折磨了藏起来的人？

我非常小心地把纸片反过来检查背面。背面的字迹更加潦草。

我忘了。我忘了。昨天我甚至想不起来灯的杆子叫什么。今天早上我以为一座雕像跟我说话了。我甚至还跟它聊了一会儿天（我觉得大概有半个小时吧）。我开始**发疯**了。太可怕了，在这个恐怖的地方**变疯**真是太可怕了。我**决定**在这一切发生之前**杀了**他。在我忘了我为什么**恨他**之前**杀了**他。

读到这里我叹了口气。我拿出三个那个人给我的信封。我把拼好的纸片装进第一个信封，并在信封外面写上了纸片里的两段内容。我把能拼凑出一些残缺不全的句子的纸片装进了第二个信封。我把完全拼不起来的纸片装进了第三个信封。

一个问题
信天翁来到西南各大厅之年第九个月第二天的记录

此刻有一个关键问题困扰着我：要不要向那个人询问斯坦利·奥文登、西尔维亚·达戈斯蒂诺、可怜的詹姆斯·里特、毛里齐奥·朱萨尼的事情。预言家把那个人称为"凯特利"。在关于毛里齐奥·朱萨尼失踪的那篇日记里，"凯特利"这个名字和达戈斯蒂诺、奥文登以及朱萨尼并列出现。因此我推测那个人认识这几个人。我想知道更多关于他们的事情，有好几次话都到嘴边了，但是在最后关头却又没有说出来。如果他说：你从哪里听说这些人的？谁告诉你的？那我该如何作答呢？他还不知道我跟预言家说过话。他也不知道我日记里的那些内容。

他很多疑。他一心只想着16要来了。两个月前，他说他要去西一百九十二号大厅举行仪式，他坚信这样就能召唤出"伟大而隐秘的知识"，但是现在他似乎忘了这件事。

柠檬
信天翁来到西南各大厅之年第九个月第五天的记录

今天早上，我正从北三号大厅往十六号门厅走。我经过北一号大厅进入一号门厅。刚走了两步，我突然停下来。

发生了一些事情。是什么呢？刚刚发生了什么呢？

我后退几步，回到门口吸了口气。又来了！那个味道。柠檬、天竺葵叶子、风信子和水仙的香气。

站在这里感觉香味很浓。有人——某个人喷了很好闻的香水——并且在门口站了一会儿，很可能是在这里看着后面大厅的景色。我回到北一号大厅，但是没有发现任何踪迹。我又回到一号门厅，沿着墙壁和若隐若现的牛头怪雕像往南走。对了，这里也能闻到香气。我跟着这个人的踪迹走到了西一号大厅门口和通往西南一号大厅的走廊门口的交界处。然后踪迹消失了。

经过这里的人是谁呢？不是那个人。我知道那个人用的香水，那是胡荽、玫瑰和檀香组成的浓郁气味。预言家呢？他的香水味我也记得。同样很独特——以紫罗兰香气为主，还混合了丁香、黑醋栗和玫瑰的气息。

嗯，这是个我不认识的人。

16来了。16到过这里了。

我的心脏开始狂跳不已。我四下打量着门厅。这片巨大的空间被牛头怪深沉的阴影遮蔽了，只有一道金色的光照进来。16没有从藏身之处走出来把我逼疯。但是很可能就在不到一小时前，他确实到过这里。

有一点让我觉得惊讶，那就是16这样的人，这样一个执着于毁灭和疯狂的人，竟然使用气味如此怡人的香水，那气味让人联想到阳光和快乐。紧接着我对自己说，这么想真的太傻了。把这香味当作警告吧，我说。时刻警惕。16不会把他的恶意写在脸上。他很可能会讨人喜欢。他会态度友好，曲意奉承。他就是想这样毁掉你。

杀掉更多人
信天翁来到西南各大厅之年第九个月第七天的记录

今天早上，我跟那个人说了一号门厅里的香水味。我惊讶地发现他听完之后很平静。

"是啊,我也在想与其放任不管,等着事情发生,"他说,"还不如赶紧解决比较好。再说,这也不是那么糟糕的事。"

"但我记得你说 16 对我们是很大的威胁,"我说,"我记得你说他威胁到了你的安全,还会让我失去理智。"

"没错。"

"那为什么他来了还是好事呢?"

"因为他确实是个巨大的威胁,所以我们只能彻底消灭他。"

"怎么做?"

作为回答,那个人用两根手指对着自己的脑袋模仿开枪的动作,同时发出声音:砰!

我惊呆了。"一个人再怎么坏,我也不该杀死他啊。"我说,"坏人也应该活下去。如若不然,也应该由大宅带走他们的生命,而不是我。"

"你这么说也许是对的,"他说,"我也不知道自己能不能亲手杀死一个人。"他认真看着自己的手,伸开手指翻来覆去地看。"不过试一下肯定很有趣。告诉你吧,我会弄一把枪。那就方便多了,我们中总有一个要采取行动。我想起来一种可能性——一个很小的可能性——还有其他人会来到这里。如果你看到一个老人……"

"……一个老人?"我非常惊讶。

"……对,老人。如果你看到他,就马上告诉我。他没有我高。很瘦。脸色苍白。眼皮有些耷拉，嘴唇发红，还湿乎乎的。"那个人不自觉地抖了一下，接着说，"我也不知道为什么要跟你描述他。又不是有一大群老头子要来。"

"怎么了？你也要杀死他吗？"我急切地问。毫无疑问那个人说的是预言家。

"哦，不是。"他说着停了一下，"不过既然你提起来了，确实也得有人动手才行。当他被囚禁的时候居然没有人去杀了他，我觉得非常惊讶。总之你看到他了就告诉我。"

我尽可能若无其事地点了点头。那个人说的是今后看到预言家就告诉他，而不是问我之前有没有见过预言家，所以我没撒谎。这个新情况中比较好的一点就是预言家应该已经返回他自己的大厅了，他很明确地说过他不会再来了。

我发现了 16 写下的东西
信天翁来到西南各大厅之年第九个月第十三天的记录

一连五天都阴沉沉的，连绵的雨水落在各个门厅里。这个世界潮湿阴冷，门厅入口处的石头地板上满是小水洼。鸟儿都跑到大厅里来躲雨，到处都是叽叽喳喳的叫声。

我尽可能给自己多找些事情做。我修好了渔网，还练习音乐。但是在我内心深处，依然想着 16 来到这里想把我逼疯的事情。我不知道这场危机何时会到来,这种感觉非常不愉快。

今天雨停了。世界又明快了起来。

我朝西北六号大厅走去,那里住着一大群白嘴鸦。它们一看见我,就纷纷从栖身的高处的雕像上飞下来,拍打着翅膀盘旋着,相互呼叫。我撒下碎鱼肉喂给它们。有两只停在我肩膀上。其中一只啄我的耳朵,仿佛是在看我好不好吃。我笑起来。站在这些不断扑打盘旋的黑色翅膀之间,我也没有过多注意周围的情况,所以一开始并没看见右边有一扇门,那门上有个记号,是用亮黄色的粉笔画上去的。后来我才看见。我赶走那些鸟,走过去看个究竟。

很久以前我也用粉笔在门和地板上画这样的记号,因为我怕迷路。有好几年我都没这么做过了,但是当我看到这个黄色的记号时,我一开始也以为是我自己画的,经历了洪水、潮水、风、雨、雾而得以幸存。与此同时,我知道我从来就没有过黄色的粉笔。我有一些白粉笔、蓝粉笔和少量粉色的粉笔。黄粉笔?没有,我从来就没有过。

然后我看到门口的地面上也有粉笔痕迹,这一次是白的。

是字!不是那个人写的。他很少到距离一号门厅这么远的地方来。不是他,是其他人写的。16!我站了一会儿,想看清楚。这情况我之前从未想过:16居然会写下一些文字来扰乱人的思绪!(我不得不赞叹他精明。我不确定这会对我产生什么影响。)

它们真的会让我发疯吗？那个人警告我千万不要跟 16 说话，让我不要听他的。难道不是因为 16 的语音中蕴藏着危险吗？那么他写的文字应该是安全的了？（我这才发觉，那个人根本没说清楚，真烦人。）

我小心翼翼地往下看。地上写的是：

距离入口的第十三个房间。返回的路线如下：穿过这道门，立刻左转；穿过你面前那一道门，然后右转；沿着右边的墙往前走；经过两道门，然后……

是路径。只是路径而已。

看起来不危险。我站在那儿检查了一下我自己，看我是不是有什么要发疯的迹象，或者自毁的倾向。还好没有。我继续看。

这是从西北六号大厅去往一号门厅的路。虽然路线有点绕，但方向很明确，简洁而精准，那些字也写得笔直方正，很好看。

照着这个说明，我可以追溯 16 从一号门厅走过来的路线。每个门都用黄色粉笔仔细做了标记。记号刚好和我的视线水平。（我估计 16 只比我矮 12 到 15 厘米。）每个门框下面他都把路线写了一遍，这样要是走错路或者潮水把记号冲掉了，总还剩下几个能看见。他想得可真是周全！

我去北二号大厅取了一些蓝色粉笔，然后又回到西北六号大厅，也就是最初发现 16 的字迹的地方。（好像他就只走了这么

远。)在他的字下面,我又写下了一段话:

亲爱的 16:
　　那个人警告我说你会将我逼疯。但是为了让我发疯,你必须首先找到我。你要怎么找到我呢?答案是你找不到。我知道大厅里的每一寸地方,我了解每一个壁龛,知道每一个可以藏身的地方。16,回你自己的大厅,好好反省一下你为什么这么坏吧。

写完这段话后,我那种被追赶的心情也放松了不少。我觉得自己能控制现在的局面了——基本上跟 16 一样占据主动。我唯一的困难就是不知道该如何落款。我不可能写"你的朋友"——我跟那个人和劳伦斯(也就是那个想看老狐狸教松鼠的雕像的人)写东西是这样落款的。我和 16 不是朋友。我想写"你的敌人",但是没必要这样挑衅。我还想到了"绝不会被你逼疯的人",但是这也未免太长了(而且太过浮夸)。最后,我干脆写下:

　　皮拉内西
　　那个人是这样叫我的
　　(但我觉得这不是我的名字)

我跟那个人说了 16 写字的事

信天翁来到西南各大厅之年第九个月第十四天的记录

今天早上,我跟那个人在西南二号大厅见面。他穿着一件中灰色的羊毛西装和一件完美无瑕的深灰色衬衣。他态度平静、严肃而专注。我跟他说了我在西北六号大厅的地上发现了一些用粉笔写的字,他只是点了点头。

"16 真的可以以写字为媒介让别人发疯吗?"我问,"我是不是不应该读那些字?"

"不管采用哪种形式,16 的话语都很危险,"他回答,"最好还是不要读。但是这也不怪你。你也是意外遇到,没料到他会写字。说实话,我也没想到。但是现在是非常时期,我们必须加倍小心。"

"我会的,我保证。"我说。

他鼓励地拍了拍我的肩膀。"也有好消息,"他说,"算是好消息吧。我弄来了一把枪。没有我想象的那么难。但是——还有一个坏消息……"他露出悲伤的神情,"我枪法太差,根本没法射中任何东西。我必须练习才行。虽然不知道该如何练习,但是……总而言之,不要担心,皮拉内西。这场噩梦总会结束的。"

"啊,别这样!"我对他说,"不要杀死 16!"

他笑着说:"还有别的办法吗?我们就只能等着被逼疯吗?

这样可不行。"

我说:"但是如果 16 发现自己的计划无法实施,他就会知道我们躲开了他,也许他就会返回他自己的大厅了。"

那个人摇了摇头,说:"不可能的,皮拉内西。我了解这个人。16 很残忍。16 会不断地来的。"

黑暗中的光
信天翁来到西南各大厅之年第九个月第十七天的记录

三天过去了。我一直留意着 16 有没有在我们的大厅留下什么痕迹,似乎没有。第三天夜里,我突然醒了。是什么东西把我吵醒的,但我不知道究竟是什么。

我坐起来,环顾四周。星光从窗户里照进来。北三号大厅里的上千座雕像被微弱的星光照着,他们仰头望着大厅,仿佛守护着它。一切如常,但是我总觉得好像发生什么事情了。

天气很冷。我穿上鞋和羊毛衫,去了西北二号大厅。那里空荡荡的,一片寂静,一切都很平和。

我穿过右边的门,进入另一个大厅。在这里我听见了微弱的声响。那声音毫无规律地反复出现。我继续走着,声音变大了,仿佛远处有动物在嚎叫。

大厅另一端的门里闪现出一片微弱的光亮。我看着那光线闪烁不已，逐渐变亮，然后成为一道光束，穿透黑暗，照亮了对面墙上的雕像！然后突然之间，光线熄灭了。

我走到门边，往里头看。

那个大厅里有人——有人举着火把，从这面墙走到那面墙，从一个角落走到另一个角落，似乎是在黑暗中找东西或者找人。（怪不得那光线时强时弱。）有人在喊："拉斐尔！拉斐尔！我知道你在这儿！"

是那个人。

"拉斐尔！"他再次喊道。

一片寂静。

"你永远都不该到这里来！"他喊道。

一片寂静。

"这个地方我了如指掌！你逃不掉的！我最终会找到你的！"

一片寂静。

我悄悄进入大厅，尽最大可能不弄出任何动静。但那个人肯定还是借着眼角的余光看到了，他忽然转过身，用火炬照着我进来的那个门，不过他动作太大了，火炬从手中掉了出去，在地板上滚了几圈，熄灭了。

"该死！"那个人说。

大厅里再次陷入黑暗。潮水在下面的大厅里涌动。那个人四处摸索，一边找他的火炬，一边自言自语。

眼睛被火炬的光照着的时候，我什么都看不清，此时只有星光，便开始慢慢适应了。一开始大厅里一片寂静，没看见任何东西，但随后有什么东西从南面的墙那里一闪而过，又从东边闪到西边。那只是一个极淡的灰影，映在微微反光的雕像上，我甚至觉得可能是我自己看错了。但我没有看错。影子从门里经过，去了西北五号大厅。

16！

那个人找到了火炬。他又把火炬点亮。然后他从北边的门离开了大厅。

我等着他离开，然后悄无声息地快步追赶 16 去了。我躲在通往西北五号大厅的门口。

16 就站在那个大厅里。和那个人一样，他手里也有光源；但是和那个人不一样的是，他没有漫无目的地转来转去。他照着大厅的墙壁。那银白色的强光照着优美的雕像，给他们一一投下古怪的新影子，墙壁似乎也覆盖了一层厚厚的黑羽毛。16 慢慢移动着火炬，羽毛般的黑影延长、缩短、不断旋转。但是我却看不到 16 本人。他只是亮光后面的一个黑影。

16 盯着雕像看了好几分钟。接着他把火炬从墙边移开，去了通往西北六号大厅的门。他检查了门窗侧柱，确定之前用粉笔画的记号还在，便穿过了那道门。我跟着他走过去，并藏在门口的位置。

在西北六号大厅里，16 用火炬照着我写给他的那段话。他一动不动地在那里站了好一会儿。我跟他说让他好好反省一下他为什么这么坏。他是在想吗？他忽然跪下来，开始飞快地写字。

此前还从来没有人给我写过东西。

16写了很久，不知为何我居然觉得有点开心。但是随后我又想：你为什么开心呢？他写的东西是长是短有什么关系呢？你也知道你不能去看。如果你看了，你就会发疯。我内心有一部分（很愚蠢的一部分）觉得即使会疯掉，那些文字也值得一读。

16前方的黑暗凝聚成两个黑色的形状，并在半空中扑打。16惊呼一声，吓得跳起来。

其实只是两只白嘴鸦被这不同寻常的动静惊醒了，于是飞过来看看情况。

"滚开！"16喊道，"滚开！一边去！我忙着呢！"

16的声音和我想象的完全不同。

我像来的时候一样安静地离开了。我回到北三号大厅，躺在自己的床上。但是我心里却一直在想事情，根本睡不着。

我擦掉了一条来自16的消息
信天翁来到西南各大厅之年第九个月第十七天的第二条记录

太阳一升起来，我就拿出索引和日记。我打开索引的L字头，但是这里没有"拉斐尔"的条目。

我飞快地吃了些东西，感谢了大宅的慷慨恩赐。我有一个问题想问那个人，但是今天并不是我和那个人见面的日子，所以提问的事情还要再等等。

我出发去往西北六号大厅。白嘴鸦吵吵闹闹地迎接我，但是今天我没时间跟它们聊天。16 的消息覆盖了地板上大约 60 厘米×80 厘米那么大的范围。

我心脏跳得飞快，低头看了一下。

我看到了：

我名叫……

我继续看：

……劳伦斯·阿恩-塞尔斯……

我接着看：

……有牛头怪雕像的房间……

我该做什么呢？我知道，只要这个消息存在，我就会忍不住想看。唯一的办法就是擦掉它。

我跑回北三号大厅，拿了一件旧衬衣和一些粉笔。虽说是

"衬衣",但已经破得不成样子,不配叫这个名字了。我把它撕成两半,然后跑回西北六号大厅。其中一半我用来蒙住眼睛,另一半我拿在手里,跪下来开始擦地板,想把 16 写的字都擦掉。

几分钟后,我取下蒙眼睛的布条。部分留言还东一块西一块地残留着。

             能理解吗?我的
名字
     警察   在你的
阅读资料   是瓦伦丁·凯
特

             然培养
他潜在受害者而我   秘学家劳伦斯·阿恩-塞
  弟子
  为他知道我侵入了 乎在这里待了六年,你有没
            出去的线
在
        我,你也许因   痛
苦

这些文字毫无意义——至少乍一看上去如此——我相信它们不会影响到我。(目前为止我觉得还好。)我跪下来写了个回信。

亲爱的 16：

只要你还在我们的大厅里，那个人就会想办法杀掉你。他有枪！

你的留言我看都没看就直接擦掉了。你的文字不会影响到我。你不会让我发疯。你的计划失败了。

拜托！回到你来的那片遥远大厅去吧！

皮拉内西

我质问那个人

信天翁来到西南各大厅之年第九个月第十八天的记录

今天 10 点，我去了西南二号大厅和那个人见面。

他站在空底座旁边，穿着深棕色的羊毛西装和深橄榄色的衬衣。他那双栗色的鞋子闪闪发亮。

"我想问你一件事。"我说道。

"问吧。"

"你为什么对我撒谎？"

那个人露出冷漠的表情。"我对你一直很诚实。"他说。

"没有，"我说，"你并不诚实。你为什么不告诉我 16 是个女人？"

那个人似乎先是想傲慢地拒绝，然后又变得不耐烦，接着又犹豫地承认了，这一连串表情变化只用了半秒钟。"好吧，"他承认道，"你说得对。但我也没有说她不是女人。"

对于这样的狡辩我翻了个白眼。"这几个月以来我一直把16叫作'那个男人'，你没有纠正过我——一次都没有。为什么？"

那个人叹了口气。"好吧。我之所以没有说，是因为我了解你，皮拉内西，你很浪漫。你说过要当个科学家，要当理性的追随者——大部分时候你都做到了。但是同时你也很浪漫。我知道很难让你相信16会造成威胁，而且你知道她是女人之后就更不会相信了。你会对她充满兴趣。我觉得你可能会爱上她，你肯定会去跟她交谈。你肯定觉得我说得不对，但我真的是想保护你。最重要的就是你不能信任16，因为从根本上来说，她完全不值得信任。你明白吗？"

我们沉默了一阵。

"好吧，"我说，"感谢你为我着想。我觉得我不会像你说的那样，看到一个女人就轻易动摇。今后不要再有事瞒着我了。"

"好。"那个人说。他皱了皱眉头。"但你是怎么知道的呢？"因为警惕，他语调变得尖锐起来，"你没有跟她说话吧？"

"没有。我在西北六号大厅看见她了，还听见了她的声音。她没看见我。"

"你听见她的声音了?"那个人越发警惕了,"她在跟谁说话?"

"跟白嘴鸦说话。"

"哦,"他停顿片刻,"真奇怪。"

我决定在索引里查找劳伦斯·阿恩-塞尔斯
信天翁来到西南各大厅之年第九个月第十九天的记录

有一件事那个人说得没错。我不像自己想象的那么理智。每次我看见那个人出于自恋、自大或骄傲做出什么举动,我就会暗暗发笑。我相信我的一切行为都出于纯粹的理性。但那是自欺欺人。一个理性的人绝不会在东北一号大厅跟预言家说话。一个理性的人会把16写在西北六号大厅里的每一个字都彻彻底底擦除干净。

16是个女人的事实并没有让我觉得太激动太着迷——至少没有十分激动和着迷;她确实是另一个人类的事实倒让我更加在意。我想知道关于她的一切——在不发疯的情况下,我想尽可能了解她。(这是比较困难的。)

我没跟那个人说16写的那段话。我没说我擦了一遍之后还有少许断断续续的句子留下来。

……**是瓦伦丁·凯特(利)**……这是说那个人。预言家说那个人的名字是瓦尔·凯特利。16 写出他的名字也不奇怪，因为根据那个人的说法，16 一直在追杀他。

……（当）然培养（了其）他潜在受害者而我……是 16 在吹嘘她杀掉过别的人吗？还是说她打算杀死其他人？不清楚。

……（神）秘学家劳伦斯·阿恩-塞（尔斯的一个）弟子……一切事情都回到劳伦斯·阿恩-塞尔斯这个人身上，我认为他跟预言家是同一个人。

……（几）乎在这里待了六年，你有没（有）……这一句意义不明。

……出去的（路）线在……这一句也很奇怪。16 似乎想告诉我某个出口。但是我了解所有的大厅，知道每一个入口和出口。她才不知道路。

我用那个人称呼 16 的名字在索引里查找了一番，没有找到。于是我又去查劳伦斯·阿恩-塞尔斯。

劳伦斯·阿恩-塞尔斯
信天翁来到西南各大厅之年第九个月第十九天的第二条记录

我又一次拿着日记和索引来到北五号大厅，在猩猩雕像对面坐下。希望他的力量和决心能给我勇气！我打开索引，翻到 A 字头。

有二十九条关于劳伦斯·阿恩-塞尔斯的记录。有些只有一两句话，有些写了好几页。我浏览了其中一半，但还是不太明白。其中的内容太杂乱：有出版物列表、小传、引文、对阿恩-塞尔斯在监狱里遇到的人的描述。其中一条的标题是《劳伦斯·阿恩-塞尔斯：为他写书的利与弊》，而写书这个点子很对我胃口，我便饶有兴趣地读了起来。

可能付诸实现的计划：写一本关于阿恩-塞尔斯的书，研究违禁思想家们的理念——这些人的思想远超过科学所能接受的范围（甚至被视为异想天开）。一群异端分子。

不知道是否值得在这件事上花时间。须权衡利弊。

• 安加拉德·斯科特在她的作品《长勺：劳伦斯·阿恩-塞尔斯和他的圈子》中已经写得比较清楚了。（弊大于利）

• 斯科特写的是传记，不是评析。她必须承认这一点。（利大于弊？中立？）

• 斯科特本人很亲切，态度积极，愿意帮忙。她乐于看到其他相关书籍问世。她给了我很多背景资料，还表示可以提供更多。见安加拉德·斯科特的电话记录，第153页。（利大于弊）

• 阿恩-塞尔斯是个很吸引人的主题？有丑闻、审判、入狱判决等。（利大于弊）

• 阿恩-塞尔斯是个典型的违禁思想家——从各个方面来

说都离经叛道——无论道德,还是理性,还是两性,还是犯罪。(利大于弊)

• 他在他的追随者中有很大的影响力,那些人都相信自己看到了另外的世界。(利大于弊)

• 阿恩-塞尔斯拒绝和学者、作者、记者沟通。(弊大于利)

• 他身边的同伴——也就是他自称可以在这个世界和其他世界之间往来的时候就认识他的那些人——数量很少。其中还有一些人失踪,绝大部分都不接受采访。(弊大于利)

• 塔莉·休斯是阿恩-塞尔斯学生中唯一一个愿意和安加拉德·斯科特交谈的人。根据斯科特的说法,塔莉情绪不稳定,很可能伴有幻觉。詹姆斯·里特于2010年接受过记者(莱桑德·维克斯)采访。也许可以去和他们谈谈?根据维克斯的说法,里特在曼彻斯特市政厅当看门人。如果维克斯本人在写相关书籍的话,这一点也许值得追查?(无所谓利弊——中立)

• 和阿恩-塞尔斯有联系的人都神秘消失了:毛里齐奥·朱萨尼、斯坦利·奥文登、西尔维亚·达戈斯蒂诺。(这是很能吸引读者的地方,绝对是个利好;除非我自己也失踪了,那就肯定是弊了)

• 花很长时间去描写令人极度不快的人会带来沉重的心理负担。众所周知,阿恩-塞尔斯是个恶人,他睚眦必报,善于操纵人心,满怀恶意,狂妄自大,是个不折不扣的混蛋。

（弊大于利）

不知道结果如何。弊略大于利？

这段基本没有关于劳伦斯·阿恩-塞尔斯本人的信息。但最后一条记录的内容是最丰富的。它是这么写的：

"撕裂与蒙蔽：另类思想交流会"演讲稿
格拉斯顿堡，2013年5月24—27日

劳伦斯·阿恩-塞尔斯最初的观点是，古人与世界的联系是截然不同的，他们把世界当作是某种可以互动的东西。他们观察世界时，世界也在观察他们。比如说他们在河里划船的时候，河流也知道他们在划船，并且愿意驮着他们前进。他们仰望星空的时候，星座不单单是一些能让他们厘清自己所见星空的固定图形，而是传达无穷无尽信息和意义的工具。世界曾在不断地和古人对话。

这些基本上还在传统的哲学历史范围内，但是阿恩-塞尔斯却由此发展出他的观点，他坚持认为，古人与世界的对话不单是他们想象出来的东西，而是在世界之中真实发生的现象。古人感知世界的方式是世界真实的运转方式。因此他们拥有了强大的影响力和力量。现实不只是能够参与和世界的对话——这对话是清晰且易于理解的——而且很有说服力。大自然很愿意顺从人类的需求，愿意把自己的属性借给他们。海洋可以分开，人类可以变成鸟儿飞走，或者变成狐狸藏在黑暗的树林里，城堡可以是用云做成的。

最终古人不再倾听时间，不再和世界对话。这种事情发生后，世界不只是沉默，它变化了。世界不断和人类沟通的那部分——你可以称之为能量、能力、灵力、天使或恶魔——没有了立足之地，也没有了存在的必要，于是他们离开了。在阿恩-塞尔斯看来，这是真正的祛魅。

在他第一本以此为主题的专著（《麻鹬的哭泣》，艾伦-昂温出版社，1969）中，阿恩-塞尔斯说古人的这种能力已经永远消失了，但是在他写第二本书（《风带走的东西》，艾伦-昂温出版社，1976）的时候，他就不那么确定了。他尝试了魔法仪式，认为还能重新获得这种能力，只要你和曾经具有这种能力的人发生实际联系就可以。最好的联系形式是实体的残留物——此人的身体或身体的一部分。

1976年，曼彻斯特博物馆收藏了四具泥沼干尸，这些干尸可追溯到公元前10年至公元200年，尸体以发现地——位于柴郡的泥炭沼泽梅尔湖命名。它们分别是：

- 梅尔湖1号（一具无头尸体）
- 梅尔湖2号（一具完整的尸体）
- 梅尔湖3号（只有头，但这个头不属于梅尔湖1号）

- 梅尔湖4号（一具完整的尸体）

阿恩-塞尔斯对梅尔湖3号，也就是那个头非常感兴趣。他说他占卜了一下，那个头属于某个国王或先知。先知所知道的知识正是阿恩-塞尔斯未来研究所需要的。这个先知的知识加上他本人的学说，将会为人类带来里程碑式的转折点。1976年5月，阿恩-塞尔斯给博物馆馆长写信，要求借用那个干尸的头来完成他自己设计的魔法仪式，将先知的知识转移到他身上，这样就能引领人类进入新纪元。馆长拒绝了，阿恩-塞尔斯得知此事后万分惊讶。同年6月，阿恩-塞尔斯鼓动了大约五十个学生，聚集在博物馆外，抗议博物馆方狭隘过时的想法。学生们举着写有"解放头脑"的标语牌。十天后，他们再次抗议，这次抗议期间，一扇窗户被打破，学生还和警察发生了冲突。然后阿恩-塞尔斯似乎就失去了对泥沼干尸的兴趣。

同年12月，博物馆在圣诞节期间关闭。等新年后重新开放时，一位员工发现有人闯入了博物馆。证据显示，闯入者在博物馆里露营了几日，因为有食物残渣、饼干包装袋以及其他散落的垃圾。还有一股大麻的味道。"解放头脑"的标语被涂在墙上，地上还粘着烧到底的蜡烛。那些蜡烛形成一个圆。馆内展品都完好，只是展示梅尔湖3号的柜子被打破了，那个干尸的头被动过，上面粘着一些蜡和槲寄生碎片。

警方和博物馆方面当然会怀疑阿恩－塞尔斯。但阿恩－塞尔斯有不在场证明：他跟一群有钱的新异教教徒在埃克斯穆尔高地的农舍过的仲冬节。那几个新异教教徒（别人称他们为溪民）证实了这一点。那几个溪民认为阿恩－塞尔斯有着非凡的天赋，是异教的圣人。警方觉得他们的证词不可信，却又无法推翻。

最终没有人为闯入博物馆事件负责，但是阿恩－塞尔斯在他的下一本书（《隐现之门》，艾伦－昂温出版社，1979）里写到一个名叫阿德多玛鲁斯的罗马－不列颠先知，此人能在各个世界之间穿行。

2001年，劳伦斯·阿恩－塞尔斯在监狱服刑期间，一个名叫托尼·迈尔斯的人走进伦敦一家警察局说要自首。他说他在曼彻斯特大学读书期间，曾于1976年的圣诞节闯入博物馆。他打破了一扇窗户，翻窗进入博物馆，然后开门放同伙进来。他目睹阿恩－塞尔斯和另外两个人举行了仪式。他记得那两个人是瓦伦丁·凯特利和罗宾·班纳曼，但是因为事情过去太久了，他也记不太清了。

迈尔斯说，他偶然看到梅尔湖3号的嘴唇动了，但是没听见任何话语。

迈尔斯没有被起诉。

阿恩－塞尔斯从没写过他用梅尔湖3号的头举行仪式。在70年代末期，他似乎是要改变主意了。他不再执着于失落的信仰和力量,他对这种事似乎没兴趣了。根据他早年的观点,失落的信仰和力量组成了某种能量,他说这种能量不可能忽然凭空消失,它一定是去了某个地方。这是他最著名的观点的起源,也就是"其他世界理论"。简单来说就是,当知识或某种力量从这个世界离开,它其实做了两件事:第一,它创造出另一个地方;第二,它留下一个门洞,连接它曾经存在的这个世界和被它创造出来的新世界。

阿恩-塞尔斯说,把它想象成落在地上的雨水。第二天,土地干了。雨水去哪里了呢?有一些蒸发到了空中,有一些被植物和动物吸收了,还有一些渗入了地下。经过几十年、几百年、几千年,水不断渗入地底,在地下岩石之间制造出裂缝,然后将裂缝扩大成空洞,然后将空洞变成地底洞穴的入口——类似一道门。在门的那一边,水不断流动,它蚀穿山洞,凿除柱子。所以,阿恩-塞尔斯断言,在某些地方肯定存在类似的门和通道,这是魔法离开留下的痕迹。它可能很小,可能不稳定,就像地底洞穴的入口有坍塌的风险一样。但是它肯定存在。如果存在,就可以找到。

1979年,他出版了第三本书,也是他最著名的一本,名为《隐现之门》,书中阐述了关于其他世界的观点,还描述了他经过大量艰苦努力,进入其中一个世界的经历。

劳伦斯·阿恩-塞尔斯著《隐现之门》节选

一旦你找到了门，它就会与你同在。你只要一看，它就在那里。最困难的地方在于第一次找到门的所在。根据阿德多玛鲁斯传授给我的知识，我最终明白，首先必须清洁视野才能看见门。为了清洁视野，就必须回到自己确信世界最后一次流动并做出应答的地方，到那个地理位置去。换言之，找到自己的意志被当代理性铁拳控制之前，最后一次去过的地方。

对我来说，这个地方在莱姆里吉斯镇，它是我小时候生活过的那座屋子的花园。不幸的是，到1979年为止，那座房子已数易其主。当时的屋主（一个典型的当代庸才）毫无同情心，拒绝了我的要求，不允许我在花园里站几个小时来举行古代凯尔特仪式。没关系。我从一个友好的送奶工那里打听到了他们外出度假的时间，趁他们度假时回到此地，"闯入"了花园。

我进入花园的那天是个阴冷的下雨天。我冒着瓢泼大雨站在草地上，周围是我母亲种下的玫瑰（可惜现在这些玫瑰不得不和一些恶俗的植物共享苗床）。雨帘之外是乱七八糟的颜色——白色、杏色、粉色、金色和红色。

我专注地回忆起童年时期在这座花园里的情景，回忆最后一次我的思想和整个世界都自由自在的时候。我穿着蓝色羊毛连体服站在玫瑰花前,手里握着一个金属士兵——他的涂料有些剥落了。

我惊讶地发现,回忆过去这种行为充满力量。我的思想立刻变得自由,视野也清晰起来。我之前精心准备的冗长复杂的仪式其实根本不必要。我看不见也感觉不到身边的雨了。我站在童年时期明媚灿烂的阳光下。玫瑰的颜色鲜艳得超乎寻常。

通往其他世界的很多扇门在我周围出现,但我知道我想去的是哪一扇,那扇门里流淌着一切被遗忘的东西。那扇门的边缘被离开这个世界的种种古老思想磨损得不成样子了。

我已经能清晰地看见那扇门了。它在安托万·里瓦尔和白色交际花两个雕像之间的间隙里。我走了进去。

我站在一个很大的房间里,有着石头地板和大理石墙壁。周围有八座巨大的雕像,全是姿态不同的牛头怪。有一座巨大的楼梯通往很高的地方,也可以向下通往令人迷惑的深处。我还能听见奇怪的巨响——仿佛大海的涛声……

我保持冷静

信天翁来到西南各大厅之年第九个月第十九天的第三条记录

我日记里摘录的劳伦斯·阿恩-塞尔斯理论跟预言家说的差

不多。(又一个证据证明他们是同一个人!)我很高兴看到阿德多玛鲁斯的名字,这里的拼写是正确的。这是三个月前那个人在仪式上呼唤的名字!我确信那个人是从劳伦斯·阿恩-塞尔斯处得知阿德多玛鲁斯这个名字的。("他的一切思想都是我的。"预言家这么说过。)

有一句话让我很是疑惑:世界曾在不断地和古人对话。我不明白为什么说"曾在"。世界依然每天都在和我对话。

我觉得我现在更擅长读自己的日记了,即使遇到最含糊的词句也能保持冷静。词语和句子伴随着神秘的能量不断跳动——比如"曼彻斯特"和"警察局"——再也不会让我觉得困扰了。我觉得,无意识间,我可能已经习惯于把这些日记内容当作某种神谕或者预言了,是某人在癫狂或灵感迸发的状态下传授知识,虽然形式比较奇怪,不太容易搞懂。

也许我在写下这些日记的时候,意识确实处于一种变异的状态之中?我觉得这个解释很合理,但也还有一些问题没有得到解答。我的意识是如何进入这种变异的状态的?我总认为自己是个科学家,那我为什么还要这样做?

会有大洪水

信天翁来到西南各大厅之年第九个月第二十一天的记录

我的日常工作之一是记录潮水时间表。我必须仔细观察，借助我发明的一系列计算方法才能做好记录。每隔几个月，我就要计算一次，确保下周不会有突如其来的大潮。最近我很忙，忘了记录潮水的工作。今天早上，我坐下来开始计算，立刻发现一件非常值得警惕的事件——在接下来不到一周的时间里，将有四次大潮接踵而来！

险些错过了如此重大的事件，我不禁很惊讶。我上一次计算是在两周之前了。我忘了自己的日常工作，让自己和那个人都身处险境！

激动之下，我跳起来在大厅里来回快步走动。哎，混蛋！混蛋！混蛋！混蛋！混蛋！我低声自言自语。混蛋！混蛋！混蛋！混蛋！足有一两分钟我都漫无目的地来回走动，严厉地自责，我对自己说，懊悔过去的事情是没用的，必须为未来做好计划。

我再次坐下来，继续进行详细计算，这样才能更加准确地预知可能发生的情况。依据潮水来袭时的力量和水量——很难准确预测——可以推算出会有四十到一百个大厅被淹没。

幸运的是，今天是星期五，是我跟那个人定期会面的日子。我几乎提前半小时就到了西南二号大厅，我真的很着急想把这件事告诉他。

他一来我就说："我有急事要告诉你。"

他皱起眉头，开口想要反对，因为他不喜欢由我主导会面，但今天我在气势上压倒了他。"会有大洪水！"我大声说，"如果我们不做好准备,就真的有危险了,我们会被冲走淹死。"

他立刻重视起来。"淹死?什么时候?"

"只有六天时间。星期四,中午之前半个小时,洪水就会袭来。东面大厅将有大潮,随后……"

"星期四?"他放松了,"哦,那没关系。星期四我不在这里。"

"那你在哪里?"我惊讶地问。

"别的地方。"他说,"这个不重要。不用担心。"

"哦,好吧,"我说,"那就好。洪水的中心在距离一号门厅西北边0.8公里左右的位置。你一定要避开水流路线。"

"我不会有事的。"那个人说,"你能应付吗?"

"没问题,"我说,"多谢关心。我会走到南面的大厅去。"

"那就好。"

"那就还剩16,"我不假思索地说,"我得……"我不说话了。"那就是……"我想接着说,但还是闭嘴了。

一阵沉默。

"什么?"那个人尖锐地问道,"你在说什么?这和16有什么关系?"

"我是说,16不是住在大厅里的居民,"我说,"她不知道会有大洪水。"

"对,我觉得她确实不知道。那又怎么样?"

"我不希望她淹死。"我说。

"相信我,皮拉内西。她死了就能解决一切问题。但是,无论如何,她怎样都不重要。你绝对不能接触16,所以不管你怎么想都不能去提醒她。"

又一阵沉默。

"就这样,行了吗?"那个人说,"你没和她说话吧?"他严厉地看了我一眼,似乎在评估我的态度。

"没有。"我说。

"现在没有,还是之前没有?"

"现在和之前都没有。"

"好,那就好。不管发生了什么,都不是你的错。我不会担心的。"

又是一阵沉默。

"好了,"那个人终于开口,"你一定还有事情要做。"

"有很多事。"

"为洪水做准备。"

"嗯,对。"

"好,那你就去忙吧。"他朝一号门厅走去。

"再见,"我喊道,"再见!"

你是马修·罗斯·索伦森吗？

信天翁来到西南各大厅之年第九个月第二十一天的第二条记录

我的行动流程很明确。我要立刻去西北六号大厅，给 16 留言，警告她会有大洪水！

我边走边想着我上次给她的留言——请她离开这边的大厅。在这段时间内她也许已经回复我了。回复的内容也许是：

亲爱的皮拉内西：

你说得对。今天我就回我自己的大厅去。

真诚的

16

如果是这样，我就不用担心她遭遇洪水了。

但是在内心深处我希望她不要回去。这个想法看起来很奇怪。我知道要是她走了我会想念她。除了 16，这个世界就只剩我和那个人（看到这里你可能会觉得奇怪），那个人算不上是好伙伴。我很想看看 16 又给我留了什么言，即便我不敢看。我觉得我内心真正希望她这样写：

亲爱的皮拉内西：

　　你的留言非常有用，提供了很多信息。我明白了，只要我放弃邪恶的想法，我们就能成为朋友。我们见面谈谈吧。我保证不会让你发疯。你能不能教我不要变坏呢？

满怀希望的

16

　　我到了西北六号大厅。白嘴鸦吵吵闹闹地迎接我。地上有 16 之前那条消息残存的部分和我上次的留言。但是没有新东西。16 没给我留言。我很失望，但是我对自己说这也是自然的，如果我看都不看就擦掉 16 的留言，那她多半是不会再写的。

　　我拿出粉笔跪下，接着上一条留言继续写道：

亲爱的 16：

　　六天后洪水就会淹没这些大厅。到时候这些地方的水深会远远超过你我的身高。

　　根据我的计算，被淹没的区域可能包括：

　　此处以西的六个大厅

　　此处以北的四个大厅

　　此处以东的五个大厅

　　此处以南的六个大厅

　　洪水将持续三到四个小时，然后会逐渐退去。

> 请务必远离这些大厅,否则你会有危险。到时候会有汹涌的大潮。万一你发现自己被洪水围困,就往高处爬!那些雕像非常仁慈,会保护你的。
>
> 皮拉内西

我认真考虑了留言的内容,写得已经非常明确了,但还有一个问题。16必须知道留言是今天写的,"六天后"那句话才有意义;她要如何才能知道今天的日期呢?

我可以写今天的日期,但那是根据我自己发明的日历而定的日期,16不大可能发明了跟我一样的日历。

> **又及:今天是新月过后的第二天。洪水将在上弦月的第一天到来。**

然后我只能希望16最近还会来这个大厅,这样她就能看到留言了。

洪水到来之前,我要收起我的塑料碗——我用来收集淡水的碗——免得它们被水冲跑了。我知道在距离西北六号大厅不远的地方就有两个,其中一个在西北八号大厅,另一个在二十四号门厅。既然我都到附近了,那就顺便拿回来吧。

我走到二十四号门厅。这座门厅有一道浅浅的斜坡,用白色大理石石子铺成,这座斜坡隔断了通往下层大厅的楼梯口。石子是潮水经年累月堆积在那里的。它们光滑圆润，摸起来很舒服，颜色洁白无瑕，甚至有微微的闪光。我经常爬过这道斜坡去钓鱼或采集贝壳。每次我都会捡几个石子，但是绝不会捡太多，不会改变斜坡的外形。

今天我一眼就注意到有些石子被拿走了。斜坡一侧多了一个此前没有的坑。我很惊讶。是谁干的呢？我见过白嘴鸦和乌鸦捡小石头砸开贝壳，但是鸟儿不会无缘无故取走这么多石头。

我看了看周围。门厅东北角的地上有一些白色的东西。

我走过去。等我意识到是用石子摆出的形状时已经来不及了。是文字！16 拼出来的文字！我来不及转开眼睛，就已经读完了整条留言！每个字大约有 25 厘米高，写的是：

你是马修·罗斯·索伦森吗？

马修·罗斯·索伦森。一个名字。三个词构成的一个名字。

马修·罗斯·索伦森……

我脑海中浮现出一幅图画，像是记忆又像是幻影。

……我好像站在一座城市的多条道路交叉口。阴沉的雨从漆黑的天空中落下。灯光，灯光，灯光，到处都闪烁着灯光！五颜六色的灯光映在湿润的柏油马路上。四面八方都是建筑物。车子飞速驶过。建筑物上有文字和图画。街上满是黑色的人影，一开始我以为那些是雕像，但是他们会动，我这才明白他们是人。成千上万的人。人数多得我简直不敢相信。太多了。人的脑子简直想不出那么多的数量。到处都有股下雨的味道，还有金属味和陈腐的气味。这些幻影是有名字的，它的名字是……

但是，那个词在意识的边缘颤抖，随后和幻影一起消失了。我又回到了现实世界。

我踉跄了几步，险些摔倒。我觉得头晕，口渴，难以呼吸。

我抬头看着门厅墙上的雕像。"我需要水，"我声音嘶哑地对他们说，"给我一点水喝。"

但他们只是雕像而已，没法给我水喝。他们只是高贵而平静地俯视着我。

我是……
信天翁来到西南各大厅之年第九个月第二十一天的第三条记录

16 找到了办法来达到她阴险的目的，她想到了办法让我发疯！我擦掉了她的上一条留言，然后发生了什么？她留下了一条我不看就擦不掉的消息！

你是马修·罗斯·索伦森吗？

我…是…我想不出来了。我是……

一开始我根本想不出来。

我是……我是这座大宅的宠儿。

对。

我立刻冷静多了。难道还需要其他任何身份吗?不需要了。另一个想法冒出来。

我是皮拉内西。

但我知道我不相信。皮拉内西不是我的名字。(我基本确定皮拉内西不是我的名字。)

我曾经问那个人为什么叫我皮拉内西。

他有些尴尬地笑了笑。哦,这个啊,他说。嗯,我记得一开始是开玩笑。我总得用一个名字称呼你。皮拉内西就很合适。这个名字和迷宫很相称[1]。你不介意吧?你不喜欢的话我就不这样叫你了。

我不介意,我说。正如你所说,总得用一个名字来称呼我。

我在写这篇日记时,大宅里一片寂静,似乎含着期待,仿佛是在等待着什么非同寻常的事情发生。

你是马修·罗斯·索伦森吗?

我根本不知道马修·罗斯·索伦森是谁,怎么可能回答这个问题?也许应该在索引里查查这个人?

我去了西北十八号大厅,一口气喝了好多水。水很好喝,

---

[1] 乔瓦尼·巴蒂斯塔·皮拉内西(Giovanni Battista Piranesi,1720—1778),意大利新古典主义建筑学家和艺术家,尤以其名为《想象的监狱》的系列蚀刻版画而闻名。在这些版画中,监狱如迷宫一般错综复杂,无穷无尽。

令人精神振奋（肯定是几个小时之前才收集到的）。我休息了一下。随后我去了北二号大厅，拿出我的索引和日记。

你是马修·罗斯·索伦森吗？

马修·罗斯·索伦森这个名字包含三个词，在索引中很难查。一开始我在 S 字头里查找。什么也没找到。然后我又在 L 字头里查找。找到了三条记录。

罗斯·索伦森，马修，2006—2010 年出版物：21 号日记，第 6 页

罗斯·索伦森，马修，2011—2012 年出版物：22 号日记，第 144—145 页

罗斯·索伦森，马修，"撕裂与蒙蔽"小传：22 号日记，第 200 页

最后一条记录看上去最有看头。

马修·罗斯·索伦森的父亲是英国人（有一半丹麦血统和一半苏格兰血统），母亲则是加纳人。他最初研究数学，但是很快兴趣发生了变化（起初他感兴趣的是数学的哲学与历史观念），转而开始研究新的领域：违禁思想。他在写一本关于劳伦斯·阿恩-塞尔斯的书，此人的思想违背了科学，违背了理性，也违背了法律。

马修·罗斯·索伦森认为劳伦斯·阿恩-塞尔斯否定科学和理性,这让我觉得很有趣。但是他的想法不对。预言家确实是一个科学家,是一个热爱理性的人。我对着空荡荡的大厅高声说话。

"我不同意您的看法。"我说。

我试图召唤出马修·罗斯·索伦森,我想方设法让他显现。如果他真的是我自己被遗忘的某个部分,那他一定不会接受反驳,他会为自己的观点辩护。

但是没有用。他没有从我思想的阴影中浮现。他依然缺席,依然是一片寂静和虚无。

我又翻到了另外两条记录。

第一条只是一份简单的清单。

《"此时,此地,此时,永久":J. B. 普里斯特利[1]的时间剧》,载《时光》,第6卷:85—92

《皈依/忍受/中伤/毁灭:学院派如何对待局外人思想》,曼彻斯特大学出版社,2008

《局外人数学的来源:斯里尼瓦瑟·拉马努金和女神》,载《思想史季刊》,第25卷:204—238,曼彻斯特大学出版社

---

[1] J. B. 普里斯特利(J. B. Priestley,1894—1984),英国小说家、戏剧家、文学评论家。他于20世纪30—40年代创作的七部戏剧被统称为"时间剧",因各自围绕某个时间概念展开情节而得名。

第二条记录大同小异,内容更为丰富。

《时间混乱:史蒂文·莫法特[1]、眨眼与 J. W. 邓恩的时间理论》,载《时空万物杂志》,第 64 卷:42—68,明尼苏达大学出版社

《"你脑海中的风车所形成的圆":迷宫在劳伦斯·阿恩-塞尔斯剥削其追随者过程中的重要性》,载《迷幻与反主流文化评论》,第 35 卷,第 4 期

《教堂屋顶的滴水兽:劳伦斯·阿恩-塞尔斯与学术界》,载《思想史季刊》,第 28 卷:119—152,曼彻斯特大学出版社

《局外人思想导论》,牛津大学出版社,2012 年 5 月 31 日

《时间旅行建筑风格》,为《卫报》写的关于保罗·伊诺克和布拉德福德的文章,2012 年 7 月 28 日

我失望地哼了一声。这些东西一点用也没有!只说明了马修·罗斯·索伦森对劳伦斯·阿恩-塞尔斯很感兴趣而已(但是世界上哪个人对他不感兴趣呢?),我还是什么都不知道。我很想把日记拿起来使劲摇一摇,仿佛这样做就能摇出来更多信息

---

[1] 史蒂文·莫法特(Steven Moffat,1961—),英国科幻剧《神秘博士》的主要编剧之一。时间混乱(Timey-Wimey)是神秘博士常说的一句玩笑话。

似的。

我坐在那里想了很久。

目前还有一个人我没在索引里查过，就是那个人。到现在为止我都没想过要查一下。万一我看了关于那个人的记录，发现他提到过马修·罗斯·索伦森，那……我停下思路。那怎么样呢？那我就能判断那个人知不知道马修·罗斯·索伦森，并最终知道马修·罗斯·索伦森是不是我。

试试无妨。事实上，在这个世界上所有的名字中，查阅那个人是最安全的。我和他是多年的朋友。我翻到索引中的 N 字头。有七十四条关于那个人的记录。那个人的记录比其他任何事情都多。事实上，我不得不从 O 字头下腾出两页给了他。

我找到了这些：

  那个人，举行过的仪式
  那个人，关于"伟大而隐秘的知识"的论述
  那个人，把相机借给我拍沉没大厅的照片
  那个人，让我给他绘制星图
  那个人，让我画出与一号门厅直接相连的大厅地图
  那个人，认为众多雕像组成了某种我们有可能破解的密码

诸如此类。最终我看到了最近的几条记录：

> 那个人,用"巴特-西"这种无意义的词检查我的记忆
>
> 那个人,给我一双鞋

我跳着读了些。我读到那个人是如何在我的协助下举行了各种仪式。我读到那个人是多么聪明,多么具有科学精神,多么富有洞察力,多么英俊。我读到了关于他衣着的细节描写。这倒是有点意思,但是对我目前的问题没有帮助。和斯坦利·奥文登、毛里齐奥·朱萨尼、西尔维亚·达戈斯蒂诺以及劳伦斯·阿恩-塞尔斯等条目不同,关于那个人的条目我都很熟悉。其中没有晦涩的词语,没有任何暗示着神秘意味的短语(比如"威利区"和"私立诊所")。每件事我都记得一清二楚。"马修·罗斯·索伦森"这个名字根本没出现过。

我记得预言家把那个人称为凯特利,于是我翻到 K 字头。

有八条记录。第一条在 2 号日记的第 187 页(应该是原本的 22 号日记)。

> 瓦伦丁·安德鲁·凯特利博士,1955 年生于巴塞罗那,在多塞特郡的普尔长大。(凯特利是多塞特郡的一个世家。)他是军人兼神秘学家雷纳夫·安德鲁·凯特利上校的儿子。
>
> 瓦伦丁·凯特利是劳伦斯·阿恩-塞尔斯的学生,后来成了曼彻斯特大学社会人类学研究员。1985 年和克莱芒丝·休伯特结婚,1991 年离婚。有两个孩子。1992 年,凯特利离

开曼彻斯特大学，在伦敦大学学院谋得一份教职。同年6月，他给《泰晤士报》写了一封信，公开批判阿恩-塞尔斯，指责他故意误导和控制学生，给他们讲授假冒的神秘学，编造有关其他世界的故事。凯特利要求曼彻斯特大学解聘阿恩-塞尔斯。（但阿恩-塞尔斯直到1997年才被解聘，当时他因非法拘禁罪被捕。）

最近几年，凯特利拒绝回答一切有关阿恩-塞尔斯的问题。

问题：是否值得和凯特利接触并确定他是否愿意和我交谈？他住在巴特西公园附近。

行动方案：列出要问凯特利博士的一系列问题。

我回到了熟悉的状态。这一条也一如既往地混合着莫名其妙的词——我假定那些词毫无意义。我欣喜地发现那个神秘的词语"巴特西"再一次出现了（"西"前面没有连接号）。

我又翻到索引，看下一条记录在哪里，这时候我忽然发现一件很奇怪的事情。剩下的那些记录——有七条——是连续的好多页。22号日记的最后十页和23号日记的前三十二页都是关于凯特利的。

我打开2号日记（也就是原本的22号日记）。最后十页——正是我想找的那几页——不见了，只留下被撕掉的痕迹。我又打开3号日记（原本的23号日记），发现也是同样的情况。有关凯特利的三十二页全都不见了。

我迷惑地坐在原地。

是谁干的？是预言家吗？我知道他不喜欢凯特利。也许那份厌恶的心情促使他破坏了有关自己敌人的记录？会不会是 16 呢？16 憎恨理性。也许她也憎恨书写，书写就是将理性传递给他人。但这不可能，毕竟 16 用文字给我写了很长的留言。再说 16 和那个人怎么会找到我的日记呢？日记都放在我的邮差包里（我之前说过了），并藏在北二号大厅东北角的玫瑰丛中的天使雕像后面。那是成千上万，甚至上百万座雕像中的一座，他们两个怎么知道我把日记藏在那里？

我坐在那里思考了很久。我不记得自己曾经撕过日记。但是除了我还有谁呢？而且最近我也知道了，我对于发生过的某些事情没有记忆。很多事情我虽然做过但却不记得了（比如写下这些神秘的内容）。也就是说我有可能会撕掉日记。

但是如果是我撕了这几页，那纸到哪里去了呢？它们去哪里了？

我取出在西八十八号大厅找到的纸片。我从中抽出几片，展开来仔细检查。其中一片——一张纸的一角——上面写着 231。是 2 号日记的页码。

我迅速地——兴奋而慌乱地——把所有纸片拼起来。这几页包括了大约三十条记录，我在上面写下的时间是从 2012 年 11 月 15 日到 2012 年 12 月 20 日。最长的一条记录标题是：《2012 年 11 月 15 日发生的事情》。

第五部分

瓦伦丁·凯特利

2012 年 11 月 15 日发生的事情

11 月中旬我去拜访了他。下午 4 点已经是一片灰蓝的暮色了。下午风雨很大，车灯在雨中看起来好像马赛克；地面遍布潮湿的黑色落叶，好像一幅拼贴图画。

我到达他的住处时，听见一阵音乐声。是安魂曲。于是我一边听着柏辽兹，一边等着他来开门。

门开了。

"凯特利博士？"我问道。

他大约在五十到六十岁之间，身材瘦高，面容英俊。他有一张苦行僧似的脸，颧骨和额头都很高。他的头发和眼睛都是深色的，皮肤呈现出橄榄色。他有些谢顶了，但不严重，胡子整整齐齐地修出个尖，颜色比头发更灰一些。

"正是。"他说，"你就是马修·罗斯·索伦森吧？"

我说我是。

"请进。"他说。

我记得雨水的味道弥漫在街道上，进屋之后那味道不但没有减弱，反而变得更浓了；屋子里也有雨水、云层和冷空气的味道，是空旷的空间才有的味道。海的味道。

这是巴特西的一座维多利亚式排屋，不可能有这样的气味。

他带我去了客厅。柏辽兹的音乐还在播放着。他调低了音量，音乐成了我们对话的背景音，成了灾祸的伴奏。

我把我的邮差包放在地上。他倒了咖啡。

"据我所知，你是一位学者。"我说。

"我曾经是一名学者，"他有些厌烦地解释道，"十五年前还是。现在我以心理学家的身份从事个人研究。学术界一直不欢迎我。我的理念不对，交往的友人也不对。"

"和阿恩-塞尔斯的关系没有给你带来任何好处？"

"是啊。人们都认为我肯定了解他的罪行。但是我不知道。"

"你还和他见面吗？"我问。

"天哪，没有了！二十年没见了。"他怀疑地看了看我，"你和劳伦斯交谈过了？"

"没有。当然，我给他写过信。但是他一直拒绝见我。"

"这也是正常的。"

"我觉得他不愿意见我的原因可能是对过去的事情感到羞愧。"我说。

凯特利发出尖锐短促的冷笑。"不见得。劳伦斯恬不知耻。他只是一味和人作对。要是有人说白，他就偏要说黑。如果你说要见他，他就偏不见你。他就是这样的人。"

我把邮差包放在膝盖上，拿出我的日记。我不光带着现在正在写的那本日记，之前的日记我也随身携带（因为我几乎每天都需要翻看），还有日记的索引，此外还要带一本空白笔记本作为下一本日记的备用（目前这一本已经快写完了）。

我打开目前这本日记开始记录。

他饶有兴趣地看着。"你还在用纸笔?"

"我有一套笔记系统。我觉得这样查阅信息更方便。"

"也就是说,你很擅长保存记录?"他问道。

"总的来说,我确实很擅长保存记录。"

"有意思。"他说。

"怎么?你想给我提供一份工作?"我问。

他笑了。"我也不知道。可能吧。"他停了一下,"你究竟想知道些什么?"

我解释说我主要的兴趣在于违禁思想、提出这些理念的人,以及这些理念为何会被那么多学科接受——宗教、艺术、文学、科学、数学等等。"劳伦斯·阿恩-塞尔斯是个杰出的违禁思想家。他突破各种边界。他把魔法当作科学来写。他说服了很多高级知识分子,让他们相信有别的世界存在,还说他能带他们去那些世界。他是同性恋,当时同性恋还是违法的。他绑架了一个男人,至今也没人知道原因。"

凯特利没说话。他一脸的漠然冷淡。他似乎极其无聊。

"我发现这一切都是很久以前发生的了。"我试图引起他的共鸣。

"我记得很清楚。"他冷漠地说。

"哦,那就好。目前我想重现一下80年代前期的曼彻斯特大学是什么样的;和阿恩-塞尔斯一起工作的情况;氛围如何;他和你们说了些什么；他展示了哪些可能性；以及类似的事情。"

"是啊，"凯特利沉思的语气俨然是在自言自语，"人们提到劳伦斯的时候总是用这个词：'展示'。"

"你反对使用这个词吗？"

"我当然反对使用这个恶心的词。"他不耐烦地说，"你以为劳伦斯是上台表演的魔术师，我们都是被他骗了的睁眼瞎吗？根本不是那样的。他喜欢你跟他争论。他喜欢你提出理性的观点。"

"然后……？"

"然后他会彻底击溃你。他的理论并不只是障眼法。绝对不是。他把每一件事情都想得很清楚。事情的发展都非常连贯。他完全不怕把理智与想象力结合起来。他对前现代人的思想描述极富说服力，迄今为止我见过的人中没有一个能和他相比。"他停了一下，"我并不是说他会操纵人心。当然那方面他也很擅长。"

"但我以为你是说……"

"从个人角度来说，是的。在和他的个人交往中，他确实很会操纵人心。从理性的角度来说他很诚实，但是从个人的角度来说，他非常善于控制别人，比如说西尔维亚。"

"西尔维亚·达戈斯蒂诺？"

"那是个奇怪的女孩。对劳伦斯很着迷。她是家里的独生女，和自己的父母很亲密，尤其是她父亲。她和她父亲都是很有天赋的诗人。劳伦斯挑拨她跟自己的父母争吵,不再和他们联系。她确实跟家里断绝了关系。这么做全然是劳伦斯的指使,劳伦斯确实是个魔法师,是个伟大的预言家,他是那个引导我们进入新纪元的人。西尔维亚跟自己的家庭断绝关系对劳伦斯显然没有任何好处,半点好处也没有。他这么做只是因为他有这个能力而已。他只是为了让西尔维亚和她父母苦恼。他只是生性残忍才这么做。"

"西尔维亚·达戈斯蒂诺是失踪的人之一。"我说。

"关于这点我什么都不知道。"凯特利说。

"我认为他这样显然不算是个理性诚实的人。他说他去过其他世界。他说其他人也去过。这可不能算是诚实,对吧?"我这话可能有一丝丝傲慢的语气,我应该控制一下语气才对,不过我总是喜欢在辩论中占上风。

凯特利很不高兴。他内心似乎有所挣扎,想说些什么,但是又改变了主意,最后说:"我不太喜欢你。"

我笑了。"没关系。"我说。

随后是一阵沉默。

"你为什么认为有一座迷宫?"我问。

"什么意思?"

"他说过有一个世界他最常去,你为什么认为那个世界是一座迷宫?"

凯特利耸耸肩。"估计是对宏伟宇宙的想象吧。辉煌与恐怖交织的一个符号。谁都不可能活着出来。"

"好吧。"我说,"但是我还是不太懂,他为什么能说服你相信那个世界存在呢?我是指那个迷宫世界。"

"他让我们举行一个仪式,然后带我们去那里。仪式有些方面是……唤起记忆的,充满暗示性的。"

"仪式?真的吗?我以为西尔维亚·达戈斯蒂诺说的仪式是瞎编的。他是不是说过什么'若隐若现的门'之类的?"

"对。他说他本人只需简单调整一下思想状态就可以进入那个迷宫的世界,大体就是回到童年一样天真好奇的状态,智力发展前的思想状态。他说他只要愿意就能做到。我们大部分人——他的学生——其实没能去到任何地方,这也没什么好奇怪的。他发明那个仪式主要是为了让我们进入迷宫。但是他说得很清楚,举行这个仪式只是因为我们能力不足。"

"我懂了。你们中的大部分人?"

"什么?"

"你说你们中大部分人不举行仪式就无法进入迷宫。感觉你是在暗示你可以?"

短暂的停顿。

"是西尔维亚。西尔维亚认为她可以像劳伦斯一样。只需回到天真好奇的状态就可以。我也说了,她是个奇怪的女孩。一个诗人。她沉浸在自己的幻想中。谁知道她究竟在幻想什么呢。"

"那个迷宫,你见过吗?"

他想了一下。"我大体上还是受到了你所谓的那种暗示,感觉像是站在一个巨大的空间里——不只是宽阔,而是无限大。而且,虽然很难说清楚,但是我确实见过一次。我是说,我见过迷宫一次。"

"它看起来是什么样的?"

"和劳伦斯的描述一致。好像一连串无穷无尽的古典建筑交织在一起。"

"你认为那是什么意义呢?"我问。

"没有意义,我认为那情景没有任何意义。"

又一阵沉默。他突然说:"有人知道你到这里来了吗?"

"什么?"我觉得这个问题很奇怪。

"你说是劳伦斯让我断送了学术生涯。不过你来了,你是一名学者,你问了各种问题,把那些事情又翻出来。但你为什么不再谨慎一些呢?你不怕这么做毁掉你的大好前途吗?"

"我觉得其他人不会像我一样看待这件事。"我说,"我写关于阿恩-塞尔斯的书,其实是想作为讨论违禁思想这个大项目的一部分。我刚才已经说过了。"

"哦,我明白了。"他说,"这么说很多人都知道你今天来见我了?你所有的朋友都知道。"

我皱起眉头。"不。大家都不知道。我一般不跟别人说我在做什么。但这不是因为……"

"有趣。"他说。

我们有些厌烦地看着彼此。我想起身离开，但他忽然说："你真的想了解劳伦斯，想知道他跟我们说了什么？"

"是的，"我说，"当然想。"

"那么我们应该举行那个仪式。"

"那个仪式？"我说。

"对。"

"那个打……"

"那个打开通往迷宫之路的仪式。是的。"

"什么？现在吗？"我对这个提议感到惊讶。（但我并不害怕。有什么可怕的呢？）"你还记得？"我问。

"是的。我说了，我记忆力很好。"

"哦，好，我……仪式要花很长时间吗？"我问，"我要……"

"只需要十二分钟。"他说。

"啊！好的。当然好。为什么不试试呢？"我说着站起来，"我要不要服用什么药物？"我问，"因为不是真的……"

他又发出那种十分轻蔑的笑声。"你喝了一杯咖啡。这就够了。"

他放下窗户遮光板，从壁炉架上拿了一支插在烛台上的蜡烛。那个烛台是个老式方形底座的黄铜烛台，与房间里的其他家具不太相称——房间的整体装潢是颇为现代的，是极简的欧洲风格。

他让我站在起居室里,面朝通往大厅的门。这块地方没有家具。

他拿起我的邮差包——包里装着我的日记、索引和笔——帮我挂在肩头。

"这是干什么?"我皱着眉头问。

"你会需要笔记本的,"他说,"去了迷宫之后用得上。"

他有种奇怪的幽默感。

(写到这里,我有了某种恐怖的感觉。我知道接下来会发生什么。我的手在发抖,我只能暂停一会儿,平静一下。但是当时我什么感觉也没有,不觉得危险,没有任何感觉。)

他点燃蜡烛,放在门外面一点,就在大厅地板上。大厅的地板和起居室的地板一样:都是橡木地板。我注意到他放烛台的地方有块污渍,仿佛这里被滴过很多蜡烛油似的;污渍中心是一块颜色较浅的方形,大小恰好和烛台底座相当。

"请集中精神看着蜡烛。"他说。

我照办了。

但与此同时我还在想黑色污渍中间的那块浅色方形,大小恰好和烛台一致。这时候我意识到他在撒谎。那个地方一定多次摆放过蜡烛,他肯定无数次地举行过仪式。他依然坚信不疑。他依然认定自己能进入另一个世界。

我不害怕,只觉得怀疑并且有趣。我开始思考仪式结束后应该问他什么问题来揭穿他的谎言。

他关掉屋里的灯。周围一片黑暗,只有地上的蜡烛在燃烧,路灯昏暗的橙色光芒透过遮光板照进来。

他站在我身后一点的位置,要求我一直看着蜡烛。然后他用一种我从未听过的语言开始念诵。我觉得有点像威尔士语和康沃尔语,也许是布立吞语。我觉得虽然到现在我还没发现他的秘密,但也能猜个大半了。他充满信心地念着,语气热忱,仿佛完全相信自己做的事情没有错误。

我听见他说了好几次"阿德多玛鲁斯"这个词。

"现在闭上你的眼睛。"他说。

我照办了。

他继续念诵。想发掘他的秘密这个动机让我坚持下去,但是我真的觉得很无聊了。他的声音已经不是语言了,而是某种动物一样的嚎叫从他腹部深处发出来,那声音极其低沉,然后越来越高,越来越疯狂,而且响亮,变得非常奇怪。

一切都在一瞬间发生了变化。

世界似乎突然停滞了。他沉默了。柏辽兹的音乐在合唱部分戛然而止。我还闭着眼睛,但是我能感觉到周围的黑暗变得不一样了,变得更加灰冷。空气更冷更湿,我们仿佛进入雾中。我猜想是不是什么地方的门打开了,但这样没道理,因为伦敦城的噪音都没了。有一种极为空旷的声音,海浪在我四周沉闷地拍打着墙壁。我睁开眼。

我周围出现了巨大房间的墙壁。几座牛头怪的雕像隐约出现，它们巨大的身影让周围的空间更黑了，巨大的角伸向空中，呈现出动物特有的严肃而神秘的表情。

我怀疑地转过身。

凯特利抱着胳膊站着。他非常放松，微笑地看着我，仿佛我是一个进展异常顺利的实验。

"请原谅我之前什么都没说，"他面带微笑，"但我真的很高兴见到你。我一直想找一个健康的年轻人。"

"让我回去！"我朝他喊道。

他大笑起来。

他大笑，笑个不停，大笑不已。

第六部分

浪

我搞错了!

信天翁来到西南各大厅之年第九个月第二十一天的第四条记录

我盘腿坐着,日记放在膝盖上,碎纸片摆在我面前。为了不弄脏这些东西,我转过头开始呕吐。我全身发抖。

我拿了些水喝,还用抹布沾了点水把呕吐物擦干。

我错了。那个人不是我的朋友。他从来就不是我的朋友。他是我的敌人。

我还在发抖。我手里拿着水杯,完全没法拿稳。

我曾经知道那个人是我的敌人。或者说是马修·罗斯·索伦森知道。但我忘记了马修·罗斯·索伦森,所以也就忘了那个人。

我忘了,但那个人还记得。我现在知道了,他心知有朝一日我还可能想起来。他把我叫作"皮拉内西",这样就不必使用"马修·罗斯·索伦森"这个名字。他用"巴特西"这个词试探我,看我能不能想起什么。我说巴特西是胡编乱造的词,是我搞错了。那不是瞎编的词。是对马修·罗斯·索伦森有意义的词。

但是为什么那个人记得而我却忘了?

因为他没有一直待在大宅里,而是回到原本的世界了。

我突然间明白了很多。真相的重量似乎把我的头脑压得摇摇欲坠。我抓着自己的脑袋痛苦呻吟。

我不能停留太久。我深知停留太久会发生什么:失忆,精神彻底崩溃，诸如此类的情况。我不能待太久，预言家这样说过，我深知在这里停留太久会有什么后果：失忆，精神崩溃，诸如此类的情况。如预言家所说，那个人从来不停留太久。我们两个见面从来不超过一小时，见面结束他就走，他肯定是回到原来那个世界了。

但我该怎么保证自己不会再忘记？我想到自己再次忘了这件事，又一次成了那个人的朋友，帮他在大宅各处测量、拍照、收集数据，而他则一直在背地里嘲笑我！不不不不不不不不不！我受不了这种想法！我双手按住脑袋，仿佛这样就能不让记忆逃走。

我要向 16 学学，从门厅那边捡一些卵石拼成一条留言。我要堆出一米高的文字！**记住！那个人不是你的朋友！他为了自己的利益，把马修·罗斯·索伦森骗到了这个世界！** 如有必要，我要在每一个大厅里都写上这句话！

……为了自己的利益……对，对！这是关键。这就是为什么他要把马修·罗斯·索伦森骗来。那个人需要有人——有个奴隶！——住在这个大厅里，为他收集信息，因为他不敢深入大宅，他怕失忆。

我内心极其愤怒。

为什么，为什么我把洪水的事情告诉他了？如果我在计算出洪水来袭之前知道这一切就好了！那我就能保守秘密。我只需等到星期四，自己爬上高处躲避洪水，看着他死去就好了。对！我现在就只想这么做！也许还不是太迟！我这就回去找那个人。我要面带微笑，看起来和平时一样，但这次我要骗他，就像他骗我一样。我要说是我搞错了，没有洪水。请他星期四留在这里！留在大厅的正中间！

但是那个人也说过，他星期四根本就不在这里。他星期四从来都不来这里。他在那边的世界里很安全。不过没关系！愤怒让我想出了办法！星期二那个人会跟我见面——那天是我们的例行会面。我要用渔网网住他，绑住他。渔网是尼龙绳做的，很结实。我要把他绑在西南二号大厅的雕像上。让他在那里待两天。他知道洪水即将到来，肯定会感觉加倍痛苦。也许我会给他一点水喝，也许不会。也许我会跟他说："很快你就有充足的水了！"然后到星期四，他就会看着潮水穿过大门冲进来，他会大声尖叫。我就只管放声大笑。我要笑得非常大声，一直笑个不停，就像他把马修·罗斯·索伦森骗来时的笑声一样……

我迷失了自我。

我在长时间复仇的幻想中迷失了自我。我不眠不休、废寝忘食地想着。过了好几个小时——我也不知道过了多久。我一遍又一遍地在脑海中想象着那个人被洪水淹死，或者从高处跌落摔死。我想象着自己高声吼叫着咒骂他，或者我冷冷地沉默着，而他则苦苦哀求我，问我为什么突然和他对立，我会闭口不说。每次都是我可以救他，但就偏不出手。

这些想象让我极其暴躁。就算我把某人谋杀了一百次恐怕也不会像现在一样累。我大腿疼痛，后背疼痛，头也疼痛。因为又哭又喊，眼睛和嗓子都发酸。

到了晚上，我回到北三号大厅。我倒在床上就睡了。

16 才是我的朋友，那个人不是
信天翁来到西南各大厅之年第九个月第二十二天的记录

由于昨天太过愤怒，今天醒来时感觉很累。我去了九号门厅收集海草和贻贝做早餐。我觉得郁闷空虚，没力气再发火。但是虽然觉得空虚，我还是会偶尔忍不住哭一下——那是悲凉的声音。

我觉得那不是我自己在哭。我觉得那是我内心深处，马修·罗斯·索伦森以某种无意识的形态出现了。

他很痛苦。他和自己的敌人独处。他真的受不了。也许那个人嘲笑他。马修·罗斯·索伦森把描写自己被囚禁状态的那些日记撕碎了扔在西八十八号大厅。大宅出于慈悲，让他沉睡——这样对他是最好的——他就沉睡在我的身体里。

但是在二十四号门厅里看到卵石拼成的他的名字之后，他变得不安起来，明白了那个人曾经做过的事情，这让情况变得十分棘手。我担心他完全醒来后，愤怒的心情会再次将我吞没。

我把手放在胸口。别闹！我说。不要害怕。你很安全。回去睡觉吧。我会照顾好我们两个的。

我觉得马修·罗斯·索伦森似乎又沉睡了。

我回想了一下我读过的日记——关于朱萨尼、奥文登、达戈斯蒂诺和可怜的詹姆斯·里特。本来我以为写他们的时候是我疯了。现在看来并非如此。那些内容不是我写的，而是他写的。而且毫无疑问他是在另外那个世界写的，遵循的也是另一套规则，适应的是另一种环境和条件。就目前所知，马修·罗斯·索伦森写这些东西的时候精神完全正常。我和他都没疯。

我又想起一件事：其实是那个人想让我疯，而不是16想让我疯。那个人撒谎说16想逼疯我。

我做了海草贻贝汤喝了。保持体力很重要。然后我拿上日记，回到被我擦得只剩只言片语的那条16的留言旁边。

是瓦伦丁·凯特（利）

（当）然培养（了其）他潜在受害者而我　（神）秘学家劳伦斯·阿恩-塞（尔斯的一个）弟子

我现在明白了，这条消息和凯特利有关。16说到的受害者不是受16所害的人，而是（极有可能）受凯特利所害。他还把其他人骗到这个世界来过吗？马修·罗斯·索伦森是不是唯一的受害者?"潜在"这个词表明16认为目前我是唯一一个。

(认)为他知道我侵入了

这里应该也是在说凯特利。16说凯特利知道她进入大厅了。(因为是我告诉他的。我不禁暗骂自己愚蠢。)

16为什么要来?

因为她在找马修·罗斯·索伦森。因为她想要挽救他,不让那个人奴役他。我现在全明白了。16才是我的朋友,那个人不是。

想到此处,我不禁涌出了眼泪。我竟然在躲避自己唯一的朋友。

我朝着空中喊道:"我在这里!我在这里!回来!我不再躲藏了!"

我有那么多机会可以找到她。那天晚上,当她跪在西北六号大厅给我留言时,我可以去跟她说话的。我可以在闻到她的香水味后在一号门厅等待的。也许她已经没有再找我了!也许她看到我擦除她的消息,得知我在躲避她之后,就开始讨厌我了。

不,不会。她在二十四号门厅给我留了那句话:**你是马修·罗斯·索伦森吗**?排列这些卵石需要很长时间。16很耐心,她做事果断而且富有创意。16还在找我。

也许她现在已经找到了我警告她洪水将至的消息。也许她已经写下了回复。我洗了做汤的碗和盘子，把东西收拾好，然后出发去了西北六号大厅。

我一进去白嘴鸦就哇哇叫。好了，好了，我很高兴见到你们，我对它们说。但我今天有事情，不能跟你们聊天。

没有来自16的新留言。但是有一件很令人担忧的事情。我警告16洪水将至的消息消失了。其他所有的消息都在，唯独那一条没有了。我疑惑地看着地板。怎么回事呢？我知道我忘记了很多事情，难道我还能记得没有发生过的事情？会不会我其实没有写那条消息？

我穿过西北六号大厅进入二十四号门厅，16曾在那里留给我一条消息：**你是马修·罗斯·索伦森吗**？曾经组成那些文字的卵石散落在地上，滚得到处都是。那条消息被毁了。

是那个人。是那个人干的。我非常确定。

我回到西北六号大厅，仔细检查了一遍地板。我那条警告的消息在地板上留下了淡淡的粉笔痕迹。这条消息也是那个人擦掉的。

为什么？

他把地上的卵石弄乱，以防我查到关于马修·罗斯·索伦森的消息，这是很明显的。但他为什么擦掉我写给16的消息？是希望她意外进入被水淹没的区域溺死吗？不，不只是希望这么简单；他还这样策划着，并且付诸实践。他想要16淹死，并且确保她一定淹死。

三个月前，那个人第一次跟我说起16，他说他跟16交谈过，但是我问他们谈了什么，他就装糊涂不肯告诉我。因为那是在另一个世界发生的事情，那个人不想让我知道。

那个人可能会在另一个世界联系16，说服她，让她在洪水期间回到大厅。也许他已经那么做了。16有危险。

我马上跪下，赶紧把那个人擦除的消息重新写了一遍。如果16在今天至星期四之间的某一天来到这里，她就能看到这条消息，知道洪水即将袭来。但是……从今天到星期四只有五天了。也许她没有在这期间到来？这是很有可能的，现在我知道她是从别处（另一个世界）来的，她来这里的时间不规律也难以预测。很可能她看不到我的消息，所以我有些焦急。我一直想着她和她的安危，但是我想不出其他保护她的办法了。

准备应对洪水

信天翁来到西南各大厅之年第九个月第二十六天的记录

除了藏起来的人以外，所有死者都处在洪水淹没的区域。星期天我把他们都搬到了安全的地方。

我用毯子把饼干盒男人所有的骨头都包起来——装在盒子里面的那些都还放在盒子里。我用海草绳子把毯子绑好，绑成包袱形状，拿着它穿过二号门厅，爬上楼梯来到上层大厅。然后我把骨头从毯子里拿出来，放在抱着小羊的牧羊女雕像的底座上。然后我又回去单独拿饼干盒。

然后我又把壁龛里的人和被折叠的小孩用同样的方式带到楼上——沿着离他们原本住处最近的楼梯——然后仔细放在上层大厅里。我没有把鱼皮人拿出来，就让他裹在毯子里（因为他的碎骨头太多了，我怕有骨头碎片丢失）。同样，被折叠的小孩被裹在另一张毯子里，主要是因为我希望她在陌生的地方也能感觉到安全。

我花了三天时间才把他们全部搬走。每个死者的骨头重约 2.5 至 4.5 公斤，楼梯有 25 米高。但我发现干沉重的体力劳动还是很有好处的，我不再反复回想那个人是如何伤害我的，也不再一直担心 16 了。

我也没忘记信天翁的幼鸟（现在幼鸟已经长得很大了！）。我经过一系列计算，发现四十三号门厅会受到洪水的影响，不过幸好只会有很浅的水。信天翁把我当作朋友，但是我觉得它们肯定不愿意我把幼鸟带去楼上——万一我们之间发生冲突，肯定是它们赢。

昨天是星期二，是平时我和那个人见面的时间。但我没去。他是不是有所怀疑呢？我不禁有些担心。还是说他觉得我只是在忙着准备应对洪水？

玫瑰丛中的天使雕像大约离地 5 米高（我的日记索引就放在这座雕像后面），这个高度应该不会被洪水淹没。但由于我的日记和索引基本上和我的生命一样宝贵，我还是把它们都装进我的棕色皮革邮差包里，用一个很大的塑料袋裹好，也拿到上层大厅，放在饼干盒男人旁边。我把所有的捕鱼用具收好，睡袋、罐子、锅、碗、勺子和其他所有家当都放到高处，免得被洪水冲走。最后一项工作是把塑料碗收起来（就是我用来收集雨水的那些碗）。

我刚把最后几个碗从西南十四号大厅里收回来，拿着它们返回北三号大厅。路上我经过西一号大厅，那个大厅里有长角的巨人雕像，那些巨大的雕像出现在我面前，他们动作有力，面部扭曲，分列在东边大门两侧的墙上。

我发现靠近大厅东北角的地方有一些东西，于是走过去看。那是一个用灰色面料做成的包，包旁边还有两个黑色帆布做成的东西。那个包约有 80 厘米长、50 厘米宽、40 厘米深。把手是帆布做成的，也是灰色。我把它捡起来。这包很重。我又放下。包上绑着两根帆布条，用金属扣固定着。我解开金属扣，打开包，拿出里面的东西。包里的内容如下：

- 1 把枪
- 1 个用致密厚重的塑料做成的东西，叠成一摞；这是包里最大的一个东西，占据了绝大部分空间，呈蓝、黑、灰三色
- 1 个小圆筒，有一个密闭的盖子；筒里装着另外几样小东西，用途不明

- 1个较大的圆筒，看起来仿佛被切掉了一块形成一个尖角，里面伸出黄色的软管
- 2根黑色棍子，可以伸长到2米左右的长度
- 4个形似船桨的黑色东西

我花一两分钟时间研究了一下这些东西，那几个形似船桨的东西可以连接在黑色的棍子上。我展开那个大东西，它成了一个平整的长条形，两端是尖的。这是一艘船。那个像是被切割的圆筒的东西是一个风箱，或者说是个泵。可以把空气打进那个长条形的东西里，然后它就能鼓起来，形成一艘4米长、1米宽的船。

我检查了包旁边那两个黑色帆布做的东西，上面连着很多布条。我觉得它们肯定是船上的东西，只是不知道是做什么用的。

为什么在洪水来临前夕，大宅里会突然出现一艘船呢？是大宅送来保护我的吗？我想了一下这件事。过去也发生过洪水，但是没有出现过船；再说，我觉得大宅也许会送给我一艘船，但是它不可能送给我一把枪。枪已经说明了袋子的主人是谁——那个人。

我叠好那艘船，把东西整整齐齐地收回袋子里。唯独那把枪我没有放回去。我拿起来握在手里，想了好一会儿。我可以带着枪走下大楼梯，穿过一号门厅去下层大厅。我可以把它扔进海里。

我把枪也放回了袋子里，扣好扣子。我回到了北三号大厅。

浪
信天翁来到西南各大厅之年第九个月第二十七天的记录

今天是洪水来袭的日子。我在跟平时一样的时间醒来。我神经紧绷，胃都缩成一团了。

天气很冷，皮肤接触到空气，我能感觉到门厅处已经下雨了。

我没胃口，但我还是加热了一点汤，强迫自己喝掉。一定要保证身体有充足的营养。我洗干净锅子和碗，再把最后几样家当藏在最高的雕像后面。接着我戴上手表。

现在差一刻钟 8 点。

我最重要的工作是找到 16 并确保她安全。但是我不知道要怎样才能找到她。我确定那个人给她设了陷阱。有可能他跟 16 约好在某个大厅里见面，告诉她在哪里可以找到马修·罗斯·索伦森。这意味着找到 16 最好的办法是找到那个人，但是我不想靠近那个人，我想尽量躲开他。我记得预言家说过的话：

16 离得越近，凯特利就会变得越危险。

我希望我能赶在那个人之前找到 16。

我去了一号门厅。我站在灰色的雨中等着，希望她会出现。在 9 点到 10 点之间，我把附近的大厅都找了一遍。什么都没找到。10 点的时候我回到一号门厅。

10 点半，我按照 16 的路线在一号门厅和西北六号大厅之间来回走动。我来回走了六次，但是没能找到她。我变得非常焦虑。

我回到一号门厅。此时是 11 点半。第一波潮水已经涌入北边和西边的两个大厅，最东边的楼梯已经被水淹没了。细碎的浪花冲洗着周围大厅的地板。

没办法了，我必须寻找那个人。我刚才做出这个决定，他就忽然出现在我面前。（为什么 16 不能这样呢？）他轻快地穿过一号门厅，从东走到西。他低着头冒雨走动。他的衣服和平时大相径庭：牛仔裤、套头衫、运动鞋，套头衫外面还套着一副背带。那是救生衣，我心想。（其实是我内心的马修·罗斯·索伦森这样想。）

他没看见我。他直接走进西一号大厅。我悄悄地跟着他，并且躲在门边的壁龛里。

那个人迅速走到装着充气船的包旁，打开那个包。我等着，随时注意 16 出现没有。那个人注意着别的地方，也许还有充足的时间在 16 走进大厅的时候拦住她。

在那个人身后一段距离的地方，也就是大厅的最西边，我能看到地板上有光亮，水已经漫过了西北边的门。我看了看我的表。又一阵潮水冲进此处往南边和西边的五个大厅，并淹没了二十二号门厅的楼梯。

那个人将船铺开。他把小气泵接在船上用脚打气。船迅速鼓了起来。

水已经淹没了西南二号大厅和三号大厅，我能听见波浪拍打墙壁时发出的沉闷的声音。

然后我忽然想起来了。16很聪明。至少她跟我一样聪明，甚至比我更聪明。虽然她不知道有洪水，但是至少她不会信任那个人。她会等待、观察，就像我一样，她希望马修·罗斯·索伦森出现。忽然我想到一个画面：我和16都躲在西一号大厅，等待对方出现。我不能再继续躲下去了。我从壁龛里走下来，朝那个人走去。

他抬起头，看到我靠近不禁有些生气。他还在继续给船打气。在距离他2米远处就是那个灰色的包，现在包已经空了，那把银色的枪就躺在包的旁边，躺在地上。

"你到底去哪儿了？"他的语气有些不快甚至生气，"星期二的时候你怎么不在？我到处找你。我不记得你说到底有十个房子被淹还是有一百个房子被淹。"他打气的速度慢了下来，船基本上已经灌满了空气，他踩下去就能感觉到更多阻力。"我不得不改变计划。这很麻烦，但还是得改。拉斐尔来了，不管你喜不喜欢，我们都必须完成。皮拉内西，你不反对吧？我跟你说，我受够了其他人反对了。"

"11月中旬我去拜访了他。"我说，"下午4点已经是一片灰蓝的暮色了。"

他打完了气。船已经变得非常饱满,是紧绷滚圆的样子。"我们得把座位安上,"他说,"就是那边那些黑色的东西。把它们递给我好吗?"他指着那两个我之前不知道是干什么用的东西。"洪水来袭的时候,我们就坐上这艘小艇。如果拉斐尔想坐上来,或者想吊在船上,你就用桨打她的头和手。"

"下午风雨很大,"我说,"车灯在雨中看起来好像马赛克;地面遍布潮湿的黑色落叶,好像一幅拼贴图画。"

他拧紧了阀门,免得漏气。"啊?"他不耐烦地问,"你在说些什么啊?你能不能赶紧把座位递给我?我们必须快点。她随时可能出现。"

"我到达他的住处时,听见一阵音乐声。"我继续说,"是安魂曲。于是我一边听着柏辽兹,一边等着他来开门。"

"柏辽兹?"他停下手中的工作站起来,第一次认认真真地看着我。他皱起眉头。"我不明……柏辽兹?"

我说:"门开了。'凯特利博士?'我问道。"

听到自己的名字,他皱起眉头,瞪大了眼睛。"你在说些什么啊?"这一次他的声音因为恐惧而变得沙哑。

"巴特西,"我说,"你曾经问我记不记得巴特西。现在我记得了。"

轰!……轰!……二十二号门厅的潮水更加汹涌了,它以更大的力量撞击着西南二号大厅和三号大厅的墙壁。

"你看到了她的留言。"他说。

"对。"我说。

浅水漫过地板,打湿了我的脚。很快更多的水涌上来。

他突然用一种古怪的声音笑起来,是那种故作放松的歇斯底里的声音。"不,不,"他说,"我才不会轻易被你骗了。这不是你的话,这是别人说的话。你不记得了。这些都是拉斐尔告诉你的。真的,马修,你以为我是傻子吗?"

他突然往右一蹲,扑向地上那把枪。但是我刚才就仔细考虑过应该站在哪里,我离枪的位置更近。我狠狠一脚把枪踢开。它滑过大理石地面,停在距离北面墙壁15米的位置。更多的水涌上来,水更深了,已经没过了我们的双脚。水波涌向那把枪,仿佛在和我们玩谁先抢到枪的游戏。

"什么……?你想干什么?"那个人问道。

"16在哪里?"我问。

他张嘴想说话,但此时一个声音突然大喊:"凯特利!"是个女人的声音。16来了!

从声音判断,她肯定是躲在南边的门。那个人不习惯大厅里有回音反复回荡,他迷惑地看着周围。

"凯特利,"她再次大喊,"我来找马修·罗斯·索伦森。"

他抓住我的右臂。"他在这里!"他高声回答,"我找到他了!你过来领人。"

潮水的轰鸣更加响亮了。整个大厅都因潮水的力量而颤抖。

水从南边的门里涌进来。

"小心!"我喊道,"他有枪,他想伤害你!"

一个瘦小的身影从通往南一号大厅的门口走出来。她穿着牛仔裤和绿色套头衫,黑发扎成马尾辫。

那个人的右手放开了我(但是左手依然抓着我)。然后他右手握拳,抡起胳膊,身体后仰,想狠狠揍我,但我拼命挣扎,让他失去了平衡。他摔倒在地。我挣脱出来,跑向16。

我边跑边喊:"洪水来了!我们要往高处爬!"

我不知道她听清没有,但是她听清了我急切的语气。我抓住她的手,一起往东边的墙跑去。

长角的巨人雕像出现在我们面前,他们分列在东面的门口,但是我们爬不上去,他们的身体是从离地2米高的墙上冒出来的,下面也没有可以抓手或者落脚的地方。巨人左边是怀抱儿子的父亲雕像,那位父亲正摘去儿子脚边的荆棘。我爬到这座雕像的壁龛里,来到底座上。我又抓着旁边的柱子爬上父亲的膝盖,利用他的手臂、肩膀、头当作落脚点爬到了环绕着壁龛的三角墙上。16努力跟上我,但是她比我矮,而且可能不擅长攀爬。她爬到了雕像膝盖上,但是不知道接下来该干什么了。我迅速爬下去,把她拉上来;在我的帮助下,她也爬上了三角墙。

现在是中午了。至少有两波潮水涌入十号门厅和二十四号门厅,这片区域全是汹涌的洪水。

三角墙上方半米左右的位置是一个与大厅等长的深檐,或者叫作架子。我们顺着三角墙的斜坡爬到了那个屋檐上。现在我们离地 7 米高。16 脸色苍白，浑身发抖（她显然不喜欢爬高），但是她表情坚定，激动不已。

空气中传来尖锐的噼啪声——大约有四声——接连而来。恐惧之余，我想这会不会是大厅因为水的重量和震动要倒塌了。我朝大厅里看了一下，发现那个人还没有上船（他上船就安全了）；他跑到大厅北边捡起了枪。他朝我们开枪了。

"快上船！"我对他喊道，"快上船，不然来不及了！"

他再次开枪，击中了我们上方的雕像。我觉得前额一阵刺痛，不禁喊出来。用手一摸，发现全是血。

那个人涉水朝我们走来——可能是觉得靠近之后更容易击中目标。

我又朝他喊，说潮水就快来了！——但是洪水巨大的声音从四面八方传来，他可能根本没听见我说话。

要不是有人朝我们开枪，我们其实可以一直待在屋檐上。（万一水涨得更高了，我们就可以往更高处爬。）但是就目前情况看来，我们完全暴露在外，没有庇护。

在我们下方 1 米左右，长角的巨人的后背和上臂从墙里伸出来。他的后背和墙之间有一段距离，形成了类似大理石口袋的东西。我跳进去，这个空间约 2 米宽、1 米深，跳进去刚好。我抬头看着 16。她眼中流露出明了的神情。她跳下来，我伸手接住了她。

巨人的身体为我们挡住了那个人的子弹。我扶着巨人的后背，从他的肩膀上往外看。

那个人转身离开我们往船边跑去，但是为时已晚。水已经漫过他的膝盖，接连不断的海浪阻拦着他。他努力挣扎，但是动作变得越来越沉重，船却像变得越来越轻，越来越自由。船在水面舞蹈，从大厅这边漂到大厅那边；这一刻它在北面的墙边，下一刻就朝西边的墙漂去。那个人不断改变方向追逐船只，但是每当他费力地走几步，船就漂到别处去了。

突然间，那艘船仿佛想起了自己是要来干什么的，它似乎决心救下那个人。它转头朝他漂去。他伸长手臂俯身抓住小船。他离船就只有不到半米。我觉得他已经碰到船舷了，但是船突然一转，朝着大厅西边漂走了。

"往上爬！往上爬！"我喊道。现在已经来不及上船了，但是我觉得他只要往上爬就还能保住一命。但是洪水涌入大厅的声音盖过了我的声音，他听不见我说话。他依然在绝望而徒劳地追逐那艘船。

旁边的大厅传来巨响，巨浪冲进来了，巨大的水流撞向北面的墙。轰！！！我不禁庆幸我们爬到了长角的巨人身后。要是我们依然站在屋檐上，可能就会从墙上掉下来了。但是长角的巨人保护了我们。

和天花板一样高的海浪从北边的门冲进来。浪花在阳光的照射下闪闪发光，仿佛有人突然往大厅里撒下无数钻石。

大浪穿过北边的门。其中一个击中了那个人,把他推向南边的墙。他撞到了距离地面约 15 米高的地方。我觉得他就是这个时候死的。

海浪后退,他消失不见了。

与此同时,充好了气的小船漂在水面上,偶尔被海浪盖住一会儿,但很快又再次浮起来。要是他刚才能上船就得救了。

拉斐尔

信天翁来到西南各大厅之年第九个月第二十七天的第二条记录

海浪冲撞着南面的墙,迸发出的白色泡沫充满整个大厅。水淹没了雕像底部,水面是风暴的灰色,水底是黑色的。海浪数次没过我们的头,但很快就消退了。我们全身湿透,感觉麻木,什么都看不见,什么都听不见,但我们还是安然无恙。

时间流逝。

海浪退去,水面平静下来。水顺着楼梯流进下层大厅。下面一层雕像的头再次露出水面。

16 和我一直没有说话。海浪的咆哮让我们听不见对方说话,我们拼命互相帮助保住性命,根本没时间想别的。现在我们终于可以好好看看对方了。

16 有着一双黑色的大眼睛和一张精灵般的脸。她表情严肃,年龄似乎比我大一点——也许四十岁吧,我想。她满头的黑发都湿透了。

"你是十……你是拉斐尔。"我说。

"我叫莎拉·拉斐尔。"她说,"你是马修·罗斯·索伦森。"

你是马修·罗斯·索伦森。这一次她用的是陈述的语气,而非提问。这句话说得有些早了。它本该是个问句才对。但是如果她问我,我也不知道该如何回答。

"他认识你吗?"我问。

"谁认识我?"她问。

"马修·罗斯·索伦森。马修·罗斯·索伦森认识你吗?你专门来找他的吗?"

她一时没回答,思考了一下我说的话,然后小心地回答:"不是。我们之前从没见过。"

"那为什么?"

"我是一个警官。"她说。

"哦。"我说。

我们沉默了。刚才发生的事情让我们很惊讶。直到现在我们目之所及也是汹涌的海水,海浪声依然喧嚣,我们还想着刚才那个人被浪冲得撞向满墙雕像的情景。现在我们都不知道说什么才好。

拉斐尔注意到了更实际的事情。她检查了我前额的伤口,说伤口不深。她觉得我没有被那个人的子弹射中,只是被锋利的大理石擦伤了而已。

水面继续回落。等最底层雕像的底座露出来的时候,我开始思考我们该如何从长角的巨人背上下去。我们没办法原路返回,因为我们不可能跳到屋檐上面去。拉斐尔多半跳不上去。(其实我大概也跳不上去。)

"我去找点东西帮你下来。"我对她说,"别着急,我会尽快回来。"

我从巨人的躯干爬下去,来到地面。水没过我的大腿。我涉水来到北三号大厅,爬上我放个人物品的雕像。东西全都被水打湿了,但都不严重。我拿了渔网、一瓶清水和一些干海草。(补充水分和营养很重要。)

我回到西一号大厅。水又退了一些,只到我的膝盖了。我爬上长角的巨人雕像,给了拉斐尔一些水,让她吃了些干海草(我觉得她不喜欢吃)。然后我把渔网收成一束,绑在巨人的一条胳膊上。网子垂在距离地面半米高的位置。我给拉斐尔演示了如何利用渔网爬下来。

我们涉水来到一号门厅,然后沿着大楼梯上去,离开了水面。我们坐下,衣服都湿透了,贴在身上。我的头发是黑色的鬈发,现在就像乌云一样不断滴水。每次我一动就像是下雨了。

鸟儿发现了我们。许多不同种类的鸟——银鸥、白嘴鸦、黑鸫、麻雀——都聚集在雕像和楼梯扶手上，用各种不同的声音跟我说话。

"很快就没事了，"我对它们说，"别担心。"

"什么？"拉斐尔很惊讶地问，"你在说什么？"

"我在跟鸟说话，"我说，"它们被大洪水吓坏了。我跟它们说很快就没事了。"

"哦！"她说，"你……你是不是经常跟鸟说话？"

"是啊，"我说，"别这么惊讶。你也跟鸟说过话啊。在西北六号大厅，我听见了。"

她看起来更加惊讶了。"我说了什么？"她问。

"你让它们滚开。你在给我留言，那些鸟太吵了，它们飞到你脸上，打搅你写字，想知道你在干什么。"

她想了一下。"就是你擦掉的那条消息？"她问。

"是的。"

"你为什么要擦掉？"

"因为那个……因为凯特利博士跟我说，你是我的敌人，还说读了你写的东西我会发疯。于是我擦掉了消息。不过我还是很想看，所以没有全部擦掉。我实在有些逻辑混乱。"

"他让你生活很艰难。"

"是啊，我想是的。"

又一阵沉默。

"我们都湿透了，好冷，"拉斐尔说，"也许我们该走了吧?"

"去哪里?"我问。

"回家。"拉斐尔说,"我们可以去我家,把衣服弄干。然后我可以送你回家。"

"这里就是我家。"我说。

拉斐尔看了看周围,阴沉灰暗的海水拍打着墙壁和雕像。她没说话。

"平时都没有水的。"我赶紧说。我不希望她觉得我住在潮湿恶劣的环境里。

但是她想的却是另一件事。

"有些事情我必须告诉你。"她说,"我不知道你是否记得,你还有爸爸妈妈。有两个姐妹。还有朋友。"她认真地看着我,"你记得吗?"

我摇头。

"他们一直在找你,"她说,"但是不知道应该去哪里找。他们非常担心你。他们……"她看着旁边,斟酌着该怎么说才好。"他们很痛苦,因为不知道你在哪里。"她说。

我想了一下。"马修·罗斯·索伦森的父母、姐妹、朋友那么痛苦,我真的很遗憾,"我说,"但是我觉得这跟我没什么关系。"

"你不认为你就是马修·罗斯·索伦森吗?"

"不。"我说。

"但是你就长着他的模样。"她说。

"是啊。"

"手也符合他的特征。"

"是啊。"

"脚和身体也是他的。"

"你说的都没错。但是我没有他的思想和记忆。我不是说他不在这里。他确实就在这里。"我摸了摸自己的胸膛,说,"但是我觉得他正在沉睡。你不必担心。"

她点头。她和那个人不同,她不是个喜欢争论的人,她没有反对我说的话,没有跟我争吵。我喜欢她这一点。"如果你不是他的话,"她问,"那你是谁?"

"我是这座大宅的宠儿。"我说。

"大宅?什么大宅?"

真是个奇怪的问题!我伸手指了指一号门厅,以及一号门厅之外的所有大厅。"这就是大宅。看!"

"哦,我明白了。"

我们又沉默了一会儿。

拉斐尔又说:"我要问你一些问题。你愿不愿意收拾一下,跟我一起去见马修·罗斯·索伦森的父母和姐妹——让他们再次见到他?让他们知道马修还活着。就算你要再离开——我是说就算你还要回到这里,至少他们也能好受些。你觉得这样如何?"

"我现在还不能走。"我说。

"好吧。"

"我需要考虑饼干盒男人、折叠起来的孩子、壁龛里的人等人的需求。只有我才能照顾他们。他们处于陌生的环境里，可能会觉得惊慌不安。我必须把他们放回原处。"

"这里还有其他人？"拉斐尔惊讶地问。

"有啊。"

"有多少人？"

"十三个。就是我刚才说的那些，另外还有藏起来的人。藏起来的人住在上层大厅，没有受到洪水影响，所以不用移动。"

"十三个人！"拉斐尔惊讶地瞪大了黑眼睛，"我的天哪！他们还好吗？"

"很好，"我说，"他们都很好。我照顾着他们。"

"他们是谁呢？你能让我去见见他们吗？斯坦利·奥文登在这里吗？西尔维亚·达戈斯蒂诺呢？毛里齐奥·朱萨尼呢？"

"很可能其中有一个是斯坦利·奥文登。当然，预言……劳伦斯·阿恩-塞尔斯也这么认为。也可能有西尔维亚·达戈斯蒂诺以及毛里齐奥·朱萨尼。不幸的是，我分不出来谁是谁。"

"你在说什么呢？他们忘了自己的身份吗？他们说什么？"

"啊，他们什么都没说。他们已经死了。"

"死了！"

"是啊。"

"啊！"拉斐尔想了好一会儿。"你到这里的时候他们就已经死了吗？"她问。

"我……"我停了一下。这个问题很有趣。我之前没想过。"我觉得应该是。"我说，"我觉得他们很早就死了。但我不记得自己是什么时候来的，所以不能确定。到达这里是发生在马修·罗斯·索伦森身上的事情。不是我经历的事情。"

"是啊，我想也是这样。但是你说你在照顾他们？"

"我确保他们都摆放整齐，尽可能完整、整洁。我给他们供奉食物、水和睡莲。我跟他们说话。你的大厅里没有你纪念的死者吗？"

"有，没错。"

"你不给他们供奉食物吗？不和他们说话吗？"

不等拉斐尔回答，我又想到一个事情。"我说这里有十三个死者，但其实不止十三个。凯特利博士也死了。我必须找到他的尸体，让他跟其他死者待在一起。"我双手一拍，"你看，我任务繁重，根本没空离开大厅。"

拉斐尔慢慢地点点头。"好吧，"她说，"时间很充足。"她尴尬地伸出手，轻轻地放在我的肩膀上。

我突然哭起来，这可太尴尬了。我发出响亮的抽泣声，泪水大颗大颗地滚出来。我觉得这不是我在哭，而是马修·罗斯·索伦森在通过我的眼睛哭泣。我哭了很久，最终哭声变成尖锐的打嗝声消失在空气中。

拉斐尔依然拍着我的肩膀。我用手背擦眼睛鼻子，她则体贴地看着别处。

"你还会回来吧?"我说,"虽然我现在不能跟你走,可你还会回来吧?"

"我明天再来,"她说,"不过会是晚上比较晚的时候来。你觉得可以吗?我们到时候怎么见面?"

"我就在这里等你,"我说,"多晚都没关系。我会一直等到你来。"

"你会考虑我的提议吗?去见见你的……去见见马修·罗斯·索伦森的父母和姐妹?"

"会的,"我说,"我会考虑的。"

拉斐尔离开了,消失在门厅东南角两座牛头怪雕像之间的阴影中。

我的表停了,但是我估计现在刚刚到晚上。我独自一人,又累又饿,浑身湿透。我回到北三号大厅。水还有半米深。我爬上去找到平时用来生火的海草。不幸的是,海草全部被海水浸湿了。没办法生火了,也不能煮东西。

我找到自己的睡袋——也湿了——拿到一号门厅。我躺在大楼梯一级干燥的靠上的台阶上。

睡着之前我最后一个念头是:他死了。我唯一的朋友。我唯一的敌人。

我告慰凯特利博士
信天翁来到西南各大厅之年第九个月第二十八天的记录

我在八号门厅楼梯的一个转角处找到了凯特利博士的尸体。他被多次撞在墙壁和雕像上,衣服破烂不堪。我把他从栏杆上取下来,让他平躺下来,整理好他的四肢,又把他那撞破了的脑袋放在我的膝盖上轻轻抱着。

"你的漂亮外表都没有了,"我对他说,"但你不必担心。这种不体面的状态只是暂时的。不要难过,不要害怕。我会给你找个地方,让鸟和鱼吃掉你破损的肌肉。肉体很快就会消失。然后你就会变成漂亮英俊的骷髅。我会把你按顺序放好,你可以在阳光和星光中休息。雕像会满怀祝福地看着你。很抱歉我对你生气了。请原谅我。"

我没找到枪——肯定是被潮水冲走了。但是那天上午晚些时候我找到了凯特利博士的船,它还在西一号大厅的水上漂着,那水只有及脚踝深了。已经完全无害了。

"我真希望你救了他。"我对它说。

我觉得它完全没有回应。它似乎瞌睡沉沉、懒洋洋的,只剩半条命了。没有了潮水冲着它,它就不再是那个在海浪里跳舞的恶魔了,它不会先嘲笑凯特利博士,继而抛弃他了。

我想着拉斐尔说的马修·罗斯·索伦森的父母、姐妹、朋友的事情。也许我该给他们写一封信,解释一下马修·罗斯·索伦森现在在我的身体里，他虽然神志不清但非常安全，而我是个强壮、聪明的人，可以认认真真地照顾好他，就像我照顾其他死者一样。

这件事我要征求一下拉斐尔的意见。

一号门厅被阴影笼罩时，拉斐尔回来了
信天翁来到西南各大厅之年第九个月第二十八天的第二条记录

一号门厅被阴影笼罩时，拉斐尔回来了。我们像上次一样坐在大楼梯上。拉斐尔也有一台和那个人一样的闪亮的小仪器。她敲了那东西几下，一片淡黄的光照亮了我们和雕像的脸。

我跟拉斐尔说，我打算给马修·罗斯·索伦森的父母、姐妹、朋友写信，但是她认为这不是个好主意。

"我该怎么称呼你呢？"她问。

"称呼我？"我说。

"你的名字。如果你不是马修·罗斯·索伦森，那我该叫你什么？"

"哦，这样啊。我觉得你可以叫我皮拉……"我顿了一下，"凯特利博士叫我皮拉内西，"我说，"他说这个名字和迷宫有关，但是我觉得他是想嘲笑我。"

"有可能。"拉斐尔表示同意,"他是这样的人。"我们沉默了一会儿,她又说:"你想不想知道我是怎么找到你的?"

"很想。"我说。

"有个女人,我觉得你可能不记得她了。她的名字叫安加拉德·斯科特。她写了一本关于劳伦斯·阿恩-塞尔斯的书。六年前,你联系过她。你告诉她你想写一本关于阿恩-塞尔斯的书,你们两个进行过长时间的交谈。然后她再也没收到过关于你的消息。今年5月,她联系了伦敦的一所大学——你曾经在那个学校工作,她想知道你还有没有在写那本书。学校的人告诉她你失踪了,还说你几乎就是在和她第一次谈话之后不久就失踪了。斯科特女士立刻警觉起来,因为她知道阿恩-塞尔斯身边经常有人失踪。你是第四个失踪的——算上吉米·里特的话,你就是第五个。于是她联系了我们。这时候我们——我是说警方——才知道,你跟阿恩-塞尔斯有关系。然后我们就找阿恩-塞尔斯身边那些还没失踪的人——班纳曼、休斯、凯特利,以及阿恩-塞尔斯本人——显然是发生了某些事情。塔莉·休斯一直在哭,还说她很后悔。阿恩-塞尔斯得知此事之后非常激动,凯特利则是满嘴谎话。"她停顿了一下,"你知道我在说什么吗?"

"知道一点,"我说,"马修·罗斯·索伦森写到过这些人物。我知道他们都跟预言……跟劳伦斯·阿恩-塞尔斯有关。他有没有告诉你我在这里?他说他会转告你。"

"什么?"

"劳伦斯·阿恩-塞尔斯。"

拉斐尔花了一些时间才想清楚。"你跟他交谈过?"她以一种难以置信的语气问道。

"是啊。"

"他到过这里?"

"是的。"

"什么时候?"

"两个月之前吧。"

"他没有打算要帮你吗?他没说要带你离开这里吗?"

"没有。不过说实话,就算他提这件事,我也不想走。事实上,我到现在也不是很想走。"

一只苍白的猫头鹰从东一号大厅飞过,进入一号门厅。它停在南面墙壁高处的一座雕像上,周身在黑暗中闪耀着白色微光。我曾见过大理石上的猫头鹰形象。很多雕像上都有它们的形象。但是在此之前我从未见过活的猫头鹰。我很确定,它的出现跟拉斐尔到来以及凯特利离开都有关系,它仿佛代表着死亡被生命替代。我觉得一切都在加速发展。

拉斐尔没有注意到那只猫头鹰。她说:"你说得对。阿恩-塞尔斯直接告诉了我们真相。他说你在迷宫里。但是……嗯,我们以为他只是想扰乱调查。这也对。他确实是想扰乱我们。我的同事们一开始信了他,但后来最终放弃了这条线索。但我有不同的想法。我觉得,既然他愿意说,那就让他说。最终他总算说了些有用的东西。"

她敲了几下那台闪亮的小仪器。劳伦斯·阿恩-塞尔斯那傲慢而一板一眼的声音传出来:"你以为我说的其他世界那些事都没有丝毫关联吗?不是的。这些才是关键。马修·罗斯·索伦森试图进入另一个世界。若非如此,他肯定不会'失踪'——你们是这么说的吧。"

拉斐尔的声音回答:"是这样的尝试才使他失踪的?"

"是的。"劳伦斯·阿恩-塞尔斯说。

"在这个……这个仪式期间,发生了一些事情,是什么呢?为什么?仪式是在哪里发生的?"

"你是说我们在一座悬崖的边缘举行仪式,然后他掉下去了?不,不是这个意思。再说,也不一定需要仪式。我本人从来都不需要仪式。"

"他为什么那样做呢?"拉斐尔问,"他为什么要举行仪式,或者别的什么事情?他写的东西表明他一点也不相信你的理论,甚至是完全反对的。"

"哦,'相信'啊,"阿恩-塞尔斯用一种深沉的讽刺语气说出这个词,"为什么大家都说这是一个信不信的问题?不是的。只要大家愿意,那什么都可以'相信'。我一点都不在乎别人信不信。"

"诚然。但是如果他根本不信,那为什么会去尝试举行仪式?"

"因为他多少还有点头脑,他明白我是20世纪最有智慧的人之一——'之一'可以去掉。他想要理解我。于是他尝试进入另一个世界。并不是因为他相信别的世界存在,而是因为他觉得尝试之后就能理解我的想法,能进入我的内心。现在你要做一样的事情了。"

"我?"拉斐尔非常惊讶。

"是的,基于和罗斯·索伦森同样的理由,你也会尝试进入另一个世界。他想理解我的思想。你想了解他。请用我给你描述过的方式调整你的观念。完成我之前给你讲过的行动,然后你就明白了。"

"劳伦斯,我会明白什么?"

"你就会知道马修·罗斯·索伦森身上发生了什么。"

"就这么简单吗?"

"是的,就这么简单。"

拉斐尔又敲了敲那台仪器,声音消失了。

"我觉得这个建议不错,"她说,"尝试理解你失踪时的想法。阿恩-塞尔斯跟我讲了该做什么,怎样达到前理性的思想状态。他说,只要我做到了,就能看到周围的许多道路,他告诉我该选哪一条。我以为他指的是比喻意义上的道路。当我发现那不是比喻的时候,还是很震惊的。"

"是啊,"我说,"马修·罗斯·索伦森刚来的时候也很震惊。震惊又害怕。然后他沉睡过去,我出现了。后来我看了日记，被里面的内容吓了一跳。我以为自己写日记的时候发疯了。但是现在我明白，是马修·罗斯·索伦森写了那些日记。他描述了一个不同的世界。"

"是啊。"

"那个世界有很多不同的东西。'曼彻斯特''警察局'之类的词在这里是毫无意义的。因为这些东西都不存在。'河流''山峦'之类的词有意义，但是只在雕像上出现过。肯定在另一个世界也存在着这些东西。这个世界里的雕像描述了在另一个世界存在的东西。"

"是的，"拉斐尔说，"在这里你只能看到河流和山峦的雕像，但是在我们的世界——另一个世界——你可以见到真正的河流和真正的山峦。"

这句话惹恼了我。"我不知道你为什么要说我在这个世界里只能看到雕像，"我生气地说道，"'只能'这个词表达了一种次级的状态。你好像是在说雕像不如那些事物本身。我完全不这么认为。我要说，雕像比事物本身更出色，雕像是完美的，永恒的，不会腐朽的。"

"抱歉，"拉斐尔说，"我不是要贬低你的世界。"

我们沉默了一会儿。

"另一个世界是什么样子的？"我问。

拉斐尔似乎不知道该如何回答。"那边人更多。"最后她这么说。

"多很多吗？"我问。

"是的。"

"多达七十个人？"我故意说了个大得离谱的数字。

"是的。"她笑了笑。

"你为什么笑？"我问。

"你朝我挑起眉毛的样子。那个怀疑、专横的样子，你知道那样子像谁吗？"

"不知道。像谁？"

"很像马修·罗斯·索伦森。像我在照片上见过的他。"

"你怎么知道那个世界有超过七十个人？"我问，"你亲自数过吗？"

"没有，但是我很确定。"她说，"有时候那个世界让人不快。有很多悲伤。"她停了一下。"很多悲伤。"她又说了一遍，"和这里不同。"她叹口气，"我希望你能明白。你和不和我走，完全由你决定。凯特利把你骗到这里来。他用谎言和欺骗的手段让你一直待在这里。我不想骗你。你不想离开就不离开。"

"如果我留在这里，你会回来看我吗？"我问。

"当然会。"她说。

其他人
信天翁来到西南各大厅之年第九个月第二十九天的记录

自从有记忆以来,我一直都想带人来参观这座大宅。我曾想象第十六个人跟我同行,我这样对他说:

现在我们进入北一号大厅。看这些美丽的雕像。你右手边是手持船模的老人雕像,左手边是长翅膀的马和马驹。

我想象我们一起参观被淹没的大厅:

现在我们穿过地板的裂隙往下走,我们沿着坍塌的砖石进入下面的大厅。请踩在我的落脚点上,这样就能轻易保持平衡。这无数的雕像是大厅的一大特色,给我们提供了安全的座位。看这黑暗平静的水面。我们可以在这里采摘睡莲供奉给死者……

今天我的想象全部成真了。第十六个人和我一起在大厅里走着,我给她看了很多东西。

一大早,她来到一号门厅。

"可以帮我做一件事吗?"她问。

"当然了,"我说,"什么事都可以。"

"带我看看迷宫。"

"很好。你想看什么呢?"

"我不知道。"她说,"你想带我去看的任何东西。最美的东西。"

当然了,我想带她去把一切都看个遍,但这是不可能的。

我首先想到的是被淹没的大厅，但是我想起拉斐尔不喜欢爬上爬下，于是我决定带她去看珊瑚厅，那是位于南三十八号大厅西南两侧的一长串大厅。

我们穿过南面的大厅。拉斐尔很放松也很开心。（我也很开心。）每走一步，拉斐尔都满怀喜悦和敬畏地看着周围。

她说："这真是个令人惊叹的地方。完美的地方。我找你的时候看过其中一些，但当时我必须在每个厅的门口停下来，写明返回牛头怪房间的方向，这花了我很多时间，也很烦人。当然我也不敢走太远，因为怕走错了。"

"你没有走错，"我向她保证，"你一直保持了正确的方向。"

"这些穿过迷宫的路，你花了多长时间才记住的？"她问。

我想大声且自豪地说我一直都知道路，这是我的一部分，大宅和我是不可分离的。但是在话说出口之前，我意识到这不是真的。我记得我曾经用粉笔在门口画记号，就跟拉斐尔一样；我还记得我很怕迷路。我摇了摇头。"我不知道，"我回答，"我忘了。"

"可以拍照吗？"她拿起那台闪亮的仪器，"不行吗？会不会显得大不敬？"

"当然可以拍照，"我说，"有时候我也帮那个……帮凯特利博士拍照。"

但我很高兴她问了。这说明她对待大宅的态度和我一样，她认为大宅值得尊敬。（凯特利博士从来都没学会这点。他仿佛没那个能力。）

来到南十号大厅后，我绕路去了西南十四号大厅，好让拉斐尔看到壁龛里的人。那里有（我之前说过）十个人和一个猴子的骷髅。

拉斐尔严肃地看着他们。她轻轻地把手放在一块骨头上——那是一个男性的胫骨。这是表示安抚慰问的姿势。不要害怕，你很安全。我在这里。

"我们不知道他们是谁，"她说，"可怜的人。"

"他们就是壁龛里的人。"我说。

"说不定阿恩-塞尔斯杀死了其中一个。说不定全是他杀的。"

话说出来显得很沉重。我还没想清楚自己对此有何感想，她转身对我非常激动地说："很抱歉。我真的、真的很抱歉。"

我很惊讶，甚至有点警惕。没有任何人像拉斐尔一样对我如此和善，谁都不像她这样为我做了这么多。她道歉让我觉得很不合理。"不……不……"我低声说着，抬起手否定她的话。

但是她接着露出冷峻而气愤的神情。"他永远不会因为自己的恶行而受到惩罚，不管是对你所做的，还是对他们所做的。我想了一遍又一遍，但是没有什么我能做的。他根本不用承担责任。就算是对大众解释，也没有任何人会相信。"她深深地叹口气，"我说这是个完美的世界。但不是。这里有罪行，就像别处一样。"

悲伤和无助的情绪涌上心头。我想说壁龛里的人不是被阿恩-塞尔斯谋杀的（但也没有证据支持这个说法，说不定其中至少有一个真的是被他杀死的）。我希望拉斐尔离开壁龛里的人，这样我就不必像她想的那样——被谋杀而死——看待他们了，而依然抱着跟以前一样的想法——善良、高贵而平静——看待他们。

我们继续走，不时停下来欣赏一些特别引人注目的雕像。我们的心情又变得轻松了，到达珊瑚厅的时候，面对眼前的奇景，整个人似乎都焕然一新。

虽然现在珊瑚厅是干的，但是从前这里显然长时间位于水下。珊瑚在这里生长，以一种奇怪而不可预料的方式改变了雕像的模样。比如说你会看到戴着珊瑚王冠的女人，双手变成了星星或者花朵。有些雕像长着珊瑚的犄角，或者像是被钉在了珊瑚枝上，还有些像是被珊瑚做的箭射穿了。一头狮子被关在珊瑚笼子里，一个人拿着小盒子，珊瑚茂密地覆盖了他的左半边身体，他就像是被玫瑰色的火焰吞没了一样，另外一半则安然无恙。

下午晚些时候，我们返回一号门厅。在分别之前，拉斐尔说："我喜欢这里平静的氛围。没有人！"后半句话仿佛是最重要的事情一样。

"你不喜欢住在你自己的大厅里的人吗？"我疑惑地问。

"我喜欢他们，"然而她的语气一点也不热情，"大体上我是喜欢他们的。喜欢一部分人。但是常常无法理解他们。他们也经常理解不了我。"

她走了之后，我思考了她所说的话，无法想象不喜欢跟其他人在一起的情况。（不过凯特利博士有时候确实很烦人。）我想起拉斐尔担心壁龛里的人是被谋杀的，她提出如此简单的问题就让整个世界变成了阴沉悲伤的地方。

也许这就是跟其他人在一起的感觉。也许就算是你非常喜欢、非常仰慕的人，也会让你看到这个世界上你不愿意看到的一面。也许这就是拉斐尔的意思。

奇怪的情绪
信天翁来到西南各大厅之年第九个月第三十天的记录

我曾经在自己的日记里写道：

我相信，这个世界（或者说这座大宅，因为这二者从实际用途而言是一回事）希望能有居民来见证它的壮美，领受它的慈悲。

如果我走了，大宅就没有居民了，我怎么能忍受它空无一人呢？

但是如果我留在大厅里，我就会是孤身一人。在某种意义上，我不会比之前更孤独。拉斐尔说她会来看我，就像之前那个人来看望我一样。拉斐尔真的是我的朋友——而那个人呢，至少他对我不完全心怀善意。他每次离开我就返回他那个世界，我当时不知道，还以为他是住在大宅的其他厅里。认定还有人住在大厅里让我觉得不那么孤独了。现在拉斐尔返回了另一个世界，我知道我是孤独的。

出于这个原因，我决定跟拉斐尔一起离开。

我将所有的死者送回他们原本的地方。今天我像之前成千上万次一样穿过各个大厅。我拜访了每一个我喜欢的雕像，凝视着他们，心想：也许这是我最后一次看你们的脸了。别了！别了！

我离开

信天翁来到西南各大厅之年第十个月第一天的记录

今天早上，我拿出一个小纸板箱，上面写着"水族箱"几个字，还画着一只章鱼。凯特利博士让我躲开16的时候，我把自己的发饰装在这个箱子里。现在，当我进入新世界的时候，我希望自己看起来漂亮些。我花了两三个小时把它们重新戴上，那些都是我找到或者制作的漂亮东西：贝壳、珊瑚珠子、珍珠、小石头和好看的鱼骨。

拉斐尔来了之后，似乎对我这身漂亮打扮很是惊讶。

我拿起邮差包，里面装着我所有的日记和我最喜欢的钢笔。我们走到西南角两处牛头怪所在的地方。它们之间的阴影有些闪光。影子表明前方是夹在墙壁之间的走廊或者小巷，小巷尽头有光，还有很多我不知道是什么东西的彩色光点在移动。

我最后看了一眼这无尽的大宅，不禁发抖。拉斐尔拉住我的手。我们一起走进走廊。

第七部分

马修·罗斯·索伦森

瓦伦丁·凯特利失踪

2018 年 11 月 26 日

心理学家兼人类学家瓦伦丁·凯特利失踪了。警方讯问了很多人，发现他失踪前买了一些奇怪的东西：一把枪、一艘充气橡皮艇、一件救生衣——这些东西他的朋友都觉得非同寻常，他之前从来没有表露过任何喜欢水上运动的倾向。

在他的家里和办公室里都没有找到这些东西。

警察觉得他可能是带着充气橡皮艇去了比较远的地方，然后开枪自杀。但是有一个名叫杰米·阿斯奇尔的警官另有一番看法。他认为凯特利博士突然意外失踪和马修·罗斯·索伦森突然再次出现有关联。阿斯奇尔认为，凯特利把罗斯·索伦森囚禁在某处，这点就像多年前凯特利曾经的导师劳伦斯·阿恩-塞尔斯囚禁詹姆斯·里特一样。阿斯奇尔认为，凯特利的行为和阿恩-塞尔斯一样，是要制造证据证明阿恩-塞尔斯的"其他世界理论"。当警方发现凯特利和罗斯·索伦森失踪有关时，他警觉起来。因为害怕罪行暴露，凯特利放了罗斯·索伦森，然后自杀。

阿斯奇尔的理论胜在同时也解释了马修·罗斯·索伦森重新出现的问题——他是在凯特利失踪前后一两天出现的，这真是一个非常奇怪的巧合。但这个理论的问题在于，不管是阿恩-塞尔斯还是凯特利都没有把失踪事件当作证据来证明任何事情。事实上，多年来凯特利一直公开谴责阿恩-塞尔斯。

阿斯奇尔不肯罢休,他问过我两次。他是个年轻人,有着漂亮友善的脸、棕色的鬈发和聪明的神情。他穿着深蓝色的西装、灰色的衬衣,说话带有约克郡口音。

"你认识瓦伦丁·凯特利吗?"他问。

"认识,"我说,"2012年11月中旬我还去拜访了他。"

他对这个回答似乎很满意。"那是你失踪前不久。"他强调了这点。

"是的。"我说。

"你失踪期间去了哪里?"他问。

"我在一座有很多房间的大宅里,周围有海洋环绕。有时候海水会涌上来,但是我一直很安全。"

阿斯奇尔停顿了一下,皱起眉头。"那不是……你不是……"他想了一会儿,又继续说,"我的意思是,你遇到了一些问题。某种程度的精神问题。至少我听说是这样的。你接受治疗了吗?"

"我家人为我安排了心理治疗。我没意见。但是我拒绝服用药物,也没有人逼我吃药。"

"嗯,我希望治疗能起到作用。"他温和地说。

"谢谢。"

"我想知道的是,"他接着说,"凯特利博士有没有劝说你到什么地方去,他有没有违背你的意志把你关在那里,还有你能不能自由行动。"

"能。我是自由的。我可以自由行动。我没有一直待在同一个地方。我走了几百公里,甚至有好几千公里。"

"啊……嗯,好吧。你走动的时候,凯特利博士没有和你在一起吗?"

"没有。"

"有谁和你在一起呢?"

"没有人,只有我一个人。"

"啊,哦,好吧。"杰米·阿斯奇尔有些失望。我也很失望:为我让他失望而感到失望。"好吧,"他说,"我就不浪费你的时间了。我知道你已经跟拉斐尔警官谈过了。"

"没错。"

"拉斐尔,她很了不起,对吧?"

"是的。"

"她找到你我一点也不意外。如果谁会去找你,那就只能是她了。"他停顿了一下,"当然,她有一点……我是说她有时候也……"他在空中晃了晃手指头,寻找合适的词语,"我是说,她并不是最容易相处的工作搭档。另外似乎也不太擅长时间管理。但是说实话,我们都觉得她工作很出色。"

"她确实很出色,"我对他说,"她是个很了不起的人。"

"没错。有没有人跟你说过平尼·维勒?"

"没有。"我说,"平尼·维勒是个人还是个物品?"

"是住在中部地区的一个人——拉斐尔最先找的就是他。他很烦人，麻烦特别多，是那种最终会跟警方纠缠不清的人。"

"那可不好。"

"确实不好。有一次，发生了一些事情，他便离开家爬到了教堂的塔楼上。他到了某处走廊上，有人靠近教堂他就大声叫骂，然后还点火投向人群。"

"太可怕了。"

"没错。太吓人了，对吧？我们——我是说警察——赶到那里的时候都是晚上了——到处一片漆黑，时不时有着火的报纸飘在空中，大家拿着灭火器、桶和沙子跑来跑去。拉斐尔和另一个人跑去找平尼·维勒，但是在他们进入楼梯间的时候——那个楼梯间实在狭小，而且密不透风——平尼扔下了燃烧的报纸，其中几张裹在了那个人脸上。于是他撤退了。"

"但拉斐尔毫不退缩。"我非常确定地说。

"对，她不肯退缩。也许她真的该撤退才对，但是她没有。她从走廊出来的时候头发都着火了。但是她毕竟是拉斐尔。我觉得她甚至没注意头发着火了。下面的人惊呼起来，跑去帮她把火扑灭。她在平尼·维勒身边坐下，让他不要再扔着火的报纸了，然后她让他下来。真的很勇敢，你说是吧？"

"她比你想象的还要勇敢。她不喜欢爬高。"

"是吗？"

"在高处她就很不自在。"

"但她还是不怕。"他说。

"对。"

"谢天谢地,找你的时候她不用经历这些事。我是说她不用冒着火前进之类的。她只是去了一趟海滨。我听说是这样的——她在海边找到你的。"

"对,我当时在海边。"

"很多失踪的人都是在海边被发现的,"他沉思片刻,"我觉得可能是大海能让人平静吧。"

"对我而言,确实是这样的。"我说。

他愉快地朝我一笑。"太好了。"他说。

马修·罗斯·索伦森再次出现

2018 年 11 月 27 日

马修·罗斯·索伦森的父母、姐妹和朋友都问我去了哪里。

我把之前告诉杰米·阿斯奇尔的话跟他们说了一遍,我说我在一座有很多房间的大宅里面,周围有海洋环绕,有时候海水会涨上来,但我一直很安全。

马修·罗斯·索伦森的父母、姐妹和朋友都说这番话是精神错乱的人说出来的,这个解释他们认为很合理,也很令人安心。他们找回了马修·罗斯·索伦森——至少他们是这样认为的。一个有着马修·罗斯·索伦森的脸、声音、动作的人活在这个世界上，这对他们来说就足够了。

我看起来一点也不像皮拉内西了：头发里没有了珊瑚珠子和鱼骨。我的头发很干净，剪得整整齐齐。胡子也刮干净了。穿着马修·罗斯·索伦森的姐妹替他收起来的衣服。他有十几套西装（考虑到他收入一般，这么多西装让我感到很惊讶）。皮拉内西和他一样也喜爱服饰。皮拉内西在日记中频繁地写到凯特利博士穿了什么衣服，对自己破烂的衣服感到遗憾。我觉得这是我和他们两人不一样的地方——和马修·罗斯·索伦森以及皮拉内西不同的地方；我觉得我不是很在意衣服。

其他很多之前收起来的东西也都拿出来给了我，最重要的是马修·罗斯·索伦森那些失踪的日记。它们包括了2000年6月（当时他还是个大学生）到2011年12月的内容。至于其他的东西，大部分都被我扔了。皮拉内西受不了这么多东西。我不需要这个！他不断地重复着这句话。

皮拉内西一直与我同在，但罗斯·索伦森只给我留下了一点线索和影子。我从他留下的物品以及家人的描述上拼凑出这个人，当然还要加上日记。没有日记我会觉得很迷惘。

我想起这个世界是如何运转的——多少想起了一些。我想起来了曼彻斯特是什么，也想起来了警察是什么，还会用智能手机了。我会付钱买东西——但我还是觉得这个过程很奇怪很虚伪。皮拉内西很不喜欢钱。皮拉内西想说的是：我需要你的这样东西，你为什么不直接给我呢？当我有你需要的东西时，我也会直接给你。这样的制度不是更简单更好用吗?

但我不是皮拉内西了——至少不单单是皮拉内西了——我意识到,这个想法也有问题。

我曾经决定写一本关于劳伦斯·阿恩-塞尔斯的书。这是马修·罗斯·索伦森想做的事情,也是我想做的事情。毕竟,没有谁比我更了解阿恩-塞尔斯的研究成果了。

拉斐尔向我展示了劳伦斯·阿恩-塞尔斯教她的东西:找到通往迷宫的路,再找到返回的路。我可以随心所欲地往来。上周我坐火车去了曼彻斯特,然后坐公交去了迈尔斯普拉丁。我穿过荒芜的秋季原野,来到一座高层公寓。来开门的是个瘦削虚弱的人,身上散发着浓浓的烟味。

"你是詹姆斯·里特吗?"我问。

他说他就是。

"我来带你回去。"我说。

我带他穿过阴暗的走廊,一号门厅那庄严的牛头怪雕像出现在我们眼前时,他哭起来,不是因为害怕,而是高兴。他立刻跑去坐在大理石楼梯下面,那是他当初睡觉的地方。他闭上眼睛,听着潮水的声音。到了离开的时间,他请求我让他留下来,我拒绝了。

"你不知道怎样养活自己,"我对他说,"你从来都没学会。没有人给你拿食物你会饿死——我可不想让你饿死。你想回来的话,我随时都可以带你回来。如果我决定回到这里永远住下去,我也会带上你的,我保证。"

魔法师兼科学家瓦伦丁·凯特利的尸体

2018 年 11 月 28 日

魔法师兼科学家瓦伦丁·凯特利的尸体被潮水冲洗。我把它放在一间下层大厅里,这里连接着八号门厅。我把它绑在一个半倾斜的人的雕像上。雕像的眼睛闭着,他大概是睡着了。许多大蛇缠着他的四肢。

尸体被装在一个塑料网里。网子空隙适中,可以让鱼和鸟来啄食,同时也不会让骨头掉出去。

我估计六个月后,骨头就会变得雪白干净。我会把它们收集起来,放在西北三号大厅一个空的壁龛里。我会把瓦伦丁·凯特利放在饼干盒男人旁边。我会把长的骨头用绳子绑好放在中间,把头骨放在右边,左边会放上一个小盒子,里面装细小的骨头。

瓦伦丁·凯特利博士会和他的同事们待在一起:斯坦利·奥文登、毛里齐奥·朱萨尼和西尔维亚·达戈斯蒂诺。

又是雕像

2018 年 11 月 29 日

皮拉内西住在一堆雕像之中：那些沉默的形象安慰着他，启发着他。

我以为在这个新（旧）世界里，雕像会是无关的东西。我以为他们不会继续帮助我了。但是我错了。当面对我不理解的人或者情况时，我的第一反应还是去看周围的雕像寻求启发。

我想到凯特利博士，一幅图像便出现在我脑海中。那是位于西北十九号大厅的一座雕像。雕像里的人跪在他的底座上，旁边摆着一把剑，剑身裂成五块。周围还有别的碎片，比如破损的球体。那人用自己的剑砍碎了那个球，因为他想搞清楚状况，但是却发现自己的剑和球都破了。他很疑惑，但是与此同时，他内心部分拒绝接受球破了变得毫无用处的事实。他捡起几块碎片仔细观察，希望它们还能给自己带来一点新知识。

我想到劳伦斯·阿恩-塞尔斯，就会有另一幅图像出现在脑海中。是上层门厅里的一座雕像，正对着楼梯（从三十二号门厅伸上来的那座楼梯）。这座雕像是一位异教的教皇坐在宝座上。他臃肿肥胖，懒洋洋地靠在宝座上，胖得几乎不成形。宝座很大，但是教皇巨大的体形几乎要把它撑破了。他知道自己令人厌恶，但是你可以从他的脸上看出来，这一事实反而让他高兴。他虽然有点惊诧，但是却对这一点非常满意。他脸上混合着大笑和胜利的表情。看着我，他似乎在说，看着我！

想到拉斐尔的时候，我的脑海中也会出现一幅图像——不，是两幅图像。

在皮拉内西的脑海中，是西四十四号大厅的一座雕像。是一位女王坐在战车里，她是民众的守护者。她是一切善良、温柔、智慧、母性的象征。这是皮拉内西的想法，因为拉斐尔救了他。

但我想到的却是另一座雕像。在我的脑海中，拉斐尔的形象是连接北四十五号大厅和六十二号大厅的前厅里的一座雕像。一个人提着灯笼朝前走。那人性别不明，有着男女莫辨的外表。从她（或他）提灯笼的姿势和看前方的眼神，你可以感觉到此人置身于无尽的黑暗中，而且我觉得她是孤身一人的，也许她主动选择了独自前行，也可能是没有人敢于追随她进入黑暗。

在世上数千万人中，唯有拉斐尔是我最了解也最喜爱的。我现在更加了解她了——比皮拉内西还要了解她——她来找我是一件多么重大的事，而她本人是多么勇敢。

我知道她经常返回迷宫。有时候我们一起去，有时候她独自去。那份宁静孤独的感觉吸引着她。她希望从中得到自己需要的东西。

我很担心。

"不要消失了，"我认真地对她说，"千万不要消失了。"

她露出难过又开心的笑容。"不会的。"她说。

"我们不能总是这样互相救命，"我说，"这太滑稽了。"

她笑了，是带着些许悲伤的笑容。

她依然喷香水——我正是通过香水认识她的——这香味依然

会让我想起阳光和快乐。

我一直想着潮水

2018 年 11 月 30 日

我一直想着潮水,涨潮、落潮、潮水涌动。在我心里依然装着所有的大厅,那无穷无尽的房间,错综复杂的通道。有时候这个世界变得让我难以忍受,噪音、垃圾和人让我厌倦,我就闭上眼睛,为自己命名一个特别的门厅,然后命名一个大厅。我想象自己穿过那个门厅,沿路进入大厅。我格外注意自己必须走过哪几扇门,必须在何处左拐何处右拐,必须经过哪几座墙上的雕像。

昨天夜里,我梦见我站在北五号大厅,面朝着那个大猩猩雕像。大猩猩从底座上爬下来,手脚并用地朝我慢慢走来。月光下他呈现出灰白色,我伸手搂着他粗壮的脖子,跟他说真高兴我又回家了。

我醒来之后心想:我不在家。我在这里。

下雪了

2018 年 12 月 1 日

今天下午,我步行穿过城市,来到我和拉斐尔约好见面的咖啡馆。整天都暗无天日,下午 2 点半了依旧如此。

下雪了。厚重的云层压在城市上空,雪让汽车的噪音变得沉闷,最终几乎变成了富有节奏的、平稳低沉的噪音,仿佛潮水在无休止地拍打着大理石墙壁。

我闭上眼睛,感到平静。

旁边有个公园。我走过去,从参天古树之间穿过,路的两边是灰暗宽阔的草地。苍白的雪从光秃秃的树枝之间落下。远处公路上行驶的汽车透过树丛,投来闪烁变幻的光线:有红,有黄,有白。周围很安静。虽然还不到傍晚,街灯却已经亮起淡淡的光芒。

路上人来人往。一个老人从我身边经过。他看起来悲伤而疲惫。他脸上青筋暴起,胡楂花白。他抬头看着飘落的雪,我忽然意识到我认识他。他很像西四十八号大厅北边墙上的一座雕像。是一个国王一只手拿着一个有城墙的小城市模型,另一只手祈祷一般地抬起来。我想拉住他,对他说:在另一个世界你是一位国王,高贵而善良!我亲眼看见了!但是我犹豫了很久,而他则消失在了人群中。

一个女人和两个孩子从我身边经过。其中一个孩子手里拿着一个木质收音机。我认识他们。是南二十七号大厅里的雕像,两个孩子笑着,其中一人拿着笛子。

我离开公园。城市道路在我周围延伸。那边有一座带庭院的酒店，院子里有金属桌椅，可供人们在天气好的时候坐坐。今天桌椅上满是雪，被荒置在那里。院子上架着铁丝网格，上面挂着纸灯笼和鲜亮的橙色小球，在风雪之中晃动不已。海一般灰色的云朵在空中飘过，橙色的灯笼迎风颤抖。

那座大宅壮美无限，仁慈无边。

关于字体

本书正文字体采用的是佩蓓图体[1]。埃里克·吉尔[2]曾在雕刻石碑时使用过一种字体，该字体因而得到普及，佩蓓图体便基于该字体修改而来。吉尔的很多画稿都交给了夏尔·马兰[3]，后者是巴黎的字冲雕刻师，他手工雕刻的字冲成了蒙纳公司所发布字体的雏形。这种字体的斜体形式最初被称作斐丽西达体，最早用于《佩蓓图和斐丽西达殉道记》[4]的一个非正式英译本中。

---

1 本中译本正文主要用到了方正书宋（对应原英文正体）和方正仿宋（对应原英文斜体）两种字体。
2 全名亚瑟·埃里克·罗顿·吉尔（Arthur Eric Rowton Gill，1882—1940），英国雕刻家、版画家、字体设计师。
3 夏尔·马兰（Charles Malin，1883—1955），法国字冲雕刻师。
4 早期基督教经典作品，由基督徒佩蓓图的狱中日记组成，流传下来的有拉丁文和希腊文两个版本。文中提到的英译本名为"The Passion of Perpetua and Felicity"。

图书在版编目（CIP）数据

皮拉内西 / (英) 苏珊娜·克拉克
(Susanna Clarke) 著；王爽译. —— 长沙：湖南文艺出版社, 2021.12
(幻想家)
书名原文: Piranesi
ISBN 978-7-5726-0088-3

Ⅰ.①皮… Ⅱ.①苏… ②王… Ⅲ.①幻想小说—英国—现代 Ⅳ.①I561.45

中国版本图书馆CIP数据核字(2021)第033771号

幻想家

皮拉内西
PILANEIXI

著　　者：〔英〕苏珊娜·克拉克
译　　者：王　爽
出 版 人：曾赛丰
责任编辑：吴　健
封面设计：Mitaliaume
内文排版：钟灿霞　钟小科
出版发行：湖南文艺出版社
　　　　　（长沙市雨花区东二环一段508号 邮编：410014）
印　　刷：湖南省众鑫印务有限公司
开　　本：880 mm×1230 mm　1/32
印　　张：8.125
字　　数：152千字
版　　次：2021年12月第1版
印　　次：2021年12月第1次印刷
书　　号：ISBN 978-7-5726-0088-3
定　　价：58.00元

PIRANESI

by Susanna Clarke

Copyright © 2020 by Susanna Clarke

This edition arranged with CURTIS BROWN - U.K.
through Big Apple Agency, Inc., Labuan, Malaysia.
Simplified Chinese edition copyright
© 2021 by Hunan Literature and Art Publishing House Co., Ltd.

ALL RIGHTS RESERVED

著作权合同图字：18-2020-119